不列颠·旅人

Britain, An Intimate Peregrination

李蕙蓁 谢统胜 — 著

生活·讀書·新知 三联书店

目 录

作者序

旅行这件事

旅行之于现代人，是再普通不过的一件事，许多小孩甚至在未懂事的年纪，已跟随着父母到过许多国家游历。然而，旅行，这么简单就可以定义吗？我们能够自认为也是个旅行的人吗？

我们的旅行多半以被动的方式进行，多数人，甚至是年轻人，也是跟团旅行的经验居多，食、宿、交通、行程、预算都有人安排妥当，完全不需费神张罗，跟着领队摇晃的旗子即可，这样的旅行模式，其实也反映了民族性的依赖与否。的确，凡事靠自己真的很累，旅行前要打点好一切，旅途中还要应付许多突如其来的插曲，搭错班车、订错旅馆、吃错餐厅，都是无法预知的，只有自己走过了，才知道，但是也唯有自己经历过了，才深刻。

旅行之于欧洲人，更是家常便饭，就像生活中必要的仪式。他们的旅行多半是到了某个定点，以客居的方式多待几天，逛逛市集、买菜做饭、看场表演、带本书阅读，或者骑单车、游泳、晒太阳，纯粹享受换个环境、换个思维的生活哲学，不一定为了可以看到什么或一定要看见什么。英国朋友总是很讶异东方人的跟团旅行方式，十天可以连赶好几个国家的行程。

在欧洲，旅行是不分年龄的，机场里进出的很多是上了年纪的旅人，自立自强地拉着大小行李，也有许多勇闯天涯的年轻背包客，也常有学生选择给自己一年的 Gap Year，去某个陌生国家度过一年，以旅行的方式学习，以旅行的方式探索自己。

欧美的建筑师，依赖的是旅途中的充电、刺激、学习；台湾地区的建筑师，依赖的是补习班的口诀秘笈来取得证照，设计出来的建筑、规划出来的城市，自然会不一样。英国上班族一年有二十天以上的休假，可以随意安排旅行，二十天不够，还可以跟老板请假，加班对他们来说更是天方夜谭，而他们的产值，却仍比我们要高。他们的国家元首也是日理万机，还要面对欧盟与国际事务，不过再怎么忙，每年一样可以有自己的度假时间，任谁也无法剥夺。

对于旅行，我们大多数人还停留在消费的观念中。其实不然，从旅行这件事，可以嗅得出一个国家的实力，从消极的旅行次数，到积极的旅行方式，都是检视一个国家、一个社会、一个家庭、一个人进步与否的重要因子。在旅途中看得多、学得多，回到家自然会发现自己欠缺了什么，或许，我们都还没完全了解旅行的真意。

英国，全名 United Kingdom of Great Britain and Northern Ireland，简称 United Kingdom、UK 或 Great Britain、Britain，包含了英格兰、苏格兰、威

尔士、北爱尔兰与周围的大小岛屿。身处欧陆西北境的英国，面积 24 万多平方公里，约台湾的 6.8 倍大，人口 6000 万。自古以来，她总是自外于欧洲、自外于欧盟、不使用欧元、不加入申根，似乎刻意与欧陆保持一种若即若离的关系，因此保有自己独特的风格。从飞机上鸟瞰英国地景，也完全不同于欧陆，这块土地上整体的颜色非常低调、和谐，只有纯粹的深绿与浅绿，土地分割的线条也比欧陆更有机，然后在绿意上装点了一栋栋砖土色调的房子，即使在首都伦敦都绿意盎然。

英国更早在亨利八世时已脱离了罗马教廷管辖，宗教的不同，也关系着生活上、文化上的内在传统，进而影响了教堂与建筑的外在风格。这个国家，甚至连车辆行驶的方向都硬是和欧陆不一样，坚持靠左边走。

在英国客居六年的岁月，也在欧陆行旅多回，每一次的大小旅行都让我们认识了旅行的不同向度，我们也继续享受着旅途中的冲击。在英国这些年，我们以一种生活的方式旅行着，每天的生活就像在旅途中探险新鲜事物一样，不断培养自己更敏锐的观察力与理解力，让平凡的生活不只是生活，增添各种有趣的元素，从认识建筑、景观、教堂、艺术、文学、电影、绘画、设计、花草、食物等过程中，逐渐拼贴出自己对于大不列颠的印象。

这些年来，英国的文化创意产业在台湾被大书特书，政府机构与民间团体花了许多经费，特地前去取经，不知道台湾的文化创意产业是否因此有了改变。然而，英国的文化创意产业，绝不是工党政府在 1997 年上台之后，一个政策、一道行政命令就凭空出现的。文化、创意、艺术这些东西，在这个国家行之有年，因为有深厚的美学教养与扎实的文化基础，才能轻易地归纳整理出一套运作模式来，也才能很快地丰收成果。

文化这件事，是一种渐进的、累积的，绝非派几个官员、派几名艺术工作者去见习一下，或者短时间内砸下一笔预算，就看得见成效。举英国的传统节庆来说，Glastonbury 音乐祭、爱丁堡文艺季、Hay-on-Wye 书展、诺丁山嘉年华、马赛、温布尔登网球公开赛、马拉松、划船赛、切尔西花艺展、RA 夏季画展、各地的乡村园游会等，各种组织、各级单位，几十年来甚至几百年来，每年定期推出系列活动。依循着四季，你会惊觉这些传统怎么能维持得这么久，这么好，又能不断地推陈出新。在这样的环境中，才可能出现所谓的文化创意产业，因为这件事是要先有基石，才演变得出来，而非喊喊口号就能有的。

英国幅员不小，又是不同联邦组成，他们也需要认识并认同自己的国家，因此常有以英国为主题的电视节目，“How We Built Britain”、“Britain’s Favorite View”、“A Picture of Britain”、“Britain from Above”、“Coast”等，甚至越来越多的厨艺节目，都是以旅行的方式进行。其中有个已经二十年历史的周末连播节目，BBC One 的“Country File”，从 1988 年制播以来，不间断地介绍英国乡村风貌，现任主持人甚至已经主持了十七年之久，节目中另有几位外景主持人串场，每周在各地乡间拍摄。节目内容包罗万象，也会搭配时事、节令、节庆做相关报道，举凡休闲、农业、畜牧业、渔业、嘉年华会、运动、传统技艺、运河、攀岩、健行、骑马、步道、建筑、乡间料理、小人物故事、生态保护、开发问题、打猎等等，以深入浅出的观点介绍给观众，制作单位与主持人每周组成各种小组，开会讨论，研究调查，然后出外景、后制、配音。

这个节目已成了 BBC 的传统，其中也出现了英国人最爱讨论的“天气”，节目在最后有一段三分半钟的气象预报，由 BBC 新闻气象主播现场连线，详细预报未来一周的天气概况。此外，1990 年至今，每年年终会举办乡间摄影比赛，精选十二幅印制成月历，所得作为儿童公益基金。是的，乡村生活才是英国生活的原汁原味，因为每周一小时的节目，让我们更深入认识英国生活与英国文化，也丰富了我们旅行的足迹。

走了许多地方之后更能深刻地体会到，最经典的美，往往不在那些名城大景，就像画家笔下最经典的题材与作品，多半是小景小物。因此，旅途中美丽耐看的风景，总在擦身而过的路旁或是名不见经传的小地方。不过，一个国家终究只能以她自己的语言来诠释，英文不是我的母语，电视上、报纸杂志上、生活中，固然尽力去看、去听、去理解，但很多时候，在那当下，你还是无法完全理解；很多英式幽默对我们来说还是一知半解，甚至无法理解，因此，在英国居住了六年的我，仍旧只是个肤浅的过客。

我的不列颠起点 谢菲尔德 Sheffield

有锁街的后花园，有我们在这里生活六年多的美丽回忆（上）
谢菲尔德大学于 2007 年全新落成的 24 小时图书馆（Information Commons）（下）

一辈子当中能在一个城市住上几年时光，借由上课、买菜、散步、看展、逛街、参加各种嘉年华会、参加社团、认识当地朋友，甚至上教堂等各种方式，用最当地的步调去了解当地的风土民情，的确是一种特殊的缘分与经验。谢菲尔德，是除了台中之外，我居住过最长时间的城市；一个外来者的身份，让我的体验更深刻也更敏感。

谢菲尔德，多数朋友都陌生的城市，中文旅游书上几乎找不到关于这里的介绍，英文旅游书则勉强着墨几行，对于外来访客而言，这里没有独特的著名景点，加上前身又是个工业大城，名气当然无法与伦敦、牛津、剑桥、爱丁堡这些英国名城相提并论。但是对于这个清幽、友善、适合人居的大学城，它的今昔还是非常值得居住六年多的我，为她以中文书写一笔。

谢菲尔德曾是英国赫赫有名的钢铁之都，现在则是拥有两所大学的大学城，一所是拥有百年历史的谢菲尔德大学（University of Sheffield），为英国 19 所罗素联盟名校（The Russell Group）之一，另一所则是新兴的谢菲尔德哈勒姆大学（Sheffield Hallam University）。在谢菲尔德 52 万人口中有超过 55000 名的大学生，每年来自台湾地区的留学生亦不在少数。从这里毕业离开的朋友们，总是对这里念念不已，想尽各种理由，也要再次回到谢菲尔德看看，为什么她会有如此的魅力呢？

话说约八百多年前，有个小村庄沿着 River Sheaf 河岸发展成形，因位于地广人稀的大荒原（Field）中，所以取名为 Sheffield。英国有许多地名都是以此方式命名的，前面是当地河流的名称，后面加上 Field。这里大部分的地名与街道名几乎都已沿用数百年未曾改变，而且多半都有历史典故可考。

谢菲尔德的地理位置以整个大不列颠岛来看，刚好位于中心点，往南往北距离很平均；而以整个英格兰来看，则隶属北英格兰地区，纬度几乎与丹麦首都哥本哈根同高，可以算是北欧的范围。

城市往东北是历史古都约克（York），往东南是林肯（Lincoln），往南是罗宾汉的故乡诺丁汉（Nottingham），往西越过奔宁山则是曼彻斯特（Manchester）与利物浦（Liverpool），坐上维珍列车往西南边就是繁华大都市伯明翰（Birmingham），距离都在一个小时左右。距离伦敦则约两个半小时火车车程，由 East Midlands 火车公司经营，可直达伦敦八大车站之一的圣潘克拉斯（St. Pancras Station），是英国人票选出的

维多利亚码头是谢菲尔德最早发展的地区

谢菲尔德是个坡地的城市，房子沿着斜坡而筑

最优美的火车站，与国会大厦、大本钟是同一位建筑师设计；《哈利·波特》电影中的火车站外观即是取景于这个优美的新哥特样式车站。

圣潘克拉斯车站于2007年11月完成更新扩建工程，正式成为连接欧陆的欧洲之星列车（Eurostar）的最新终点站。

谢菲尔德就位于英国龙骨奔宁山脉（Pennines）东缘的山脚下，也是进入英国第一座国家公园“山峰区”（Peak District）的北边门户，因此除了对外有非常便捷的交通，区域里也提供完善的转运服务，这里有英国城市中少见的轻轨电车（Supertram），也是许多学生的城市记忆之一。延续了山峰区的地形，整个都市立基于高低起伏的七座缓丘之间，市中心与工业区位于低洼平坦区域。因为工业时期的严重空气污染，让有钱人往山上迁移，至今较高海拔的区域仍是高级住宅区。

拥有52万多人口的谢菲尔德，以人口数来算，排得上英国的第五大城，仅次于伦敦、伯明翰、格拉斯哥与利兹。五百多年前属哈勒姆郡（Hallamshire）首府，1974年后划归为南约克郡（South Yorkshire）的行政范围，也因合并的缘故，让整个约克郡成了英国的第一大郡。

因为钢铁工业大城的历史背景，谢菲尔德在“二战”时遭到德军猛烈轰炸，因此城里的建筑多半是近代样式，没有想象中英国古色古香、浪漫优美的城市风貌，让很多人刚到时都曾幻灭过。当时我们初抵曼彻斯特机场，搭上奔宁山线火车穿越山峰区国家公园，才兴奋地说来对地方了，怎奈一下火车之后，确实与印象中的英国城市有点距离。

还好，这个不特别美的城市，是个适合人居、也适合做学问的好地方，尤其

谢菲尔德有英国少数的城市电车，串联市民生活（左下）

M1 高速公路旁的两座冷却塔，是谢菲尔德的印象之一，可惜地权卖给德国能源公司之后，已于 2008 年 8 月 24 日凌晨 3 点以炸药拆除，地方保护团体企图发展成 Tate Modern Turbine Hall of the North 的梦想宣告失败，这里也成了永远的回忆（右）

这里有号称英格兰最友善的居民；更是英国最绿的都市之一，绿地面积占了城市土地的 61%，城里散布着大大小小的绿地公园。所以我们有许多散步的好去处，像住家附近的 Weston Park、Crookes Valley Park 和谢菲尔德植物园，就连租屋处所在的有锁街，短短几百米，街头街尾也各有一个小公园与一个城市农园，环境中到处绿意盎然。

这几年市政府的都市更新计划不断进行，火车站前的新广场，已经不会再让刚到的朋友大失所望，市政厅旁的和平花园（Peace Garden）、千禧年计划的千禧艺廊（Millennium Gallery）与城市新地标冬日温室花园（Winter Garden）等等，都逐渐让这个工业城的面貌软化，成为焕然一新的科技城与大学城，也吸引了更多游客前来。

英国的大学多数没有集中校园，谢菲尔德哈勒姆大学有三个分散的校区，谢菲尔德大学更是没有所谓的校园，校舍与宿舍分散四处，走到哪里都可能是某个科系的系馆，你家隔壁也可能是某个单位的办公室或是学校买下来的单户透天宿舍，因此学校还有个专司校舍不动产的单位，管理这些大栋小户的建筑，完全颠覆了在台湾时对校园的刻板印象。当然，这样的配置有优点，也有缺点，没有绝对的好与坏。

市中心与大学近几年的改变很大，拆了不少旧建筑，增建了许多新建筑。六年前与现在相比，几乎改头换面，尤其是过去英国少见的高楼公寓，如雨后春笋般地不断冒出头来，大学的新颖校舍与宿舍也一栋栋完成。

谢菲尔德过去以钢都闻名，14 世纪即以生产刀具著称，17 世纪成为英格兰生产餐具最知名的城市，1692 年开始了炼钢历史，以渗碳法（Cementation Process）冶炼，提供大量的钢铁原料，现在仍可见到当初遗留下来的壶形烟囱。

Forge Master 钢铁厂的大型熔炉

接着，1751 年发明了先进的热熔炉炼钢（Crucible Steel），大量提升钢铁品质与产量，因此现在市中心有座以“Crucible”命名的剧院，也就是每年斯诺克世界锦标赛的场地。

1840 年代之后，城市中最平坦的区域 Don Valley 一带，因为有 River Don 可直通北海，设置了大量工厂与炼钢厂。在英国工业革命时期，肩负重钢输出的角色，维多利亚时期许多重要桥梁和大型建筑所需要的钢材皆由这里输出，“二战”期间也供应军火设备的钢铁。现在仍有许多新旧厂房、工厂与仓库在此，闲置的工业用地则改建为体育场、戏院区与 Meadowhall 大型购物中心。

有一回，经朋友的引介，我们有机会一睹大型炼钢厂的熔炉作业。谢菲尔德目前最大的 Forge Master 钢铁厂，平常经过时，只见两堵高高的砖墙各据马路两旁，殊不知这里现在仍提供大型机具与巨型结构体所需的钢材。某个 12 月冬日清晨五点多，我们如约出现在炼钢厂的外头，等待着熔炉冶炼出来的几千度高温的铁浆，从工厂的这一侧运到另一头，进行“灌浆”的危险工作。我们戴着简单的工程安全帽与防护眼罩，跟着厂里的员工进去大开眼界。炙热的橘红色铁浆，在极危险的工作环境中进行铸铁工程，工厂里噪声与灰泥四处飞散。这是我头一回见识到炼钢厂的真实世界，震撼十足的珍贵经验。

1970 年代之后钢铁工业逐渐没落，人口渐次减少，多年前以谢菲尔德为场景拍摄的英国电影《脱衣舞男》(*The Full Monty*)，述说的正是谢菲尔德在那个年代的社会状况，1984—1985 年英国爆发严重的矿工罢工潮，让这个城市的钢铁工业几乎瓦解，这样的情节也出现在另一部我非常喜爱的英国电影《舞动人生》(*Billy Elliot*) 中，其实，这些也都是当时英国多数工业城的缩影与写照。

新的千禧艺廊里也设置了谢菲尔德钢铁发展史的常态展。除了重钢之外，这里也生产精致的银盘、银饰、银餐具，称为“Old Sheffield Plate”。现今仍有多家生产刀叉餐具的工厂，市中心也有一家专卖标榜谢菲尔德制造的刀叉、银盘等的商店。

当然，现在的谢菲尔德已经跳脱了钢铁之城的刻板印象，城市风貌也脱离了《脱衣舞男》中的破败模样，甚至成为伦敦之外经济成长最快速的城市之一。而两所大学带来的学生与商机，更让这个城市不断地成长。谢菲尔德城市的改变，甚至成了 2006 年第十届威尼斯建筑双年展的英国馆代表城市，展览的主题探讨这个没有所谓杰出建筑的城市，为何能有高品质的居住环境与高生活满意度。策展人谢菲尔德大学建筑系教授 Jeremy Till 深信，因为这里有最忠实、最具凝聚力的居民，

市中心的 Winter Garden，美丽的屋顶桁架，成了谢菲尔德的新地标

Crookes Valley Park 春季樱花树下的浪漫（上）
Millennium Gallery 为谢菲尔德带动了许多高水准的展演活动（中）
City Hall 是谢菲尔德的表演厅之一（下）

谢菲尔德植物园是市区里最美丽的花园绿地

因为一个城市，除了建筑之外，“人”与其所衍生出来的生活状态，才是形塑一个城市的主角。

它曾经在世界钢铁制造史上有举足轻重的地位，但已成为往日荣光。它曾企图在 1960 年代搭上现代主义建筑风潮，想在工业没落之后再次跃上国际舞台，无奈种种原因让它功败垂成，甚至被称为是现代建筑坟场的丑陋城市，以建筑成就来说可谓一片空白。它也是英国后工业时期都市的缩影。大部分的城市其实也都像谢菲尔德一样，不是很有名气，但都有一些平凡、伟大的居民与故事。不管在人口数量、城市规模、政治影响力、预算分配等各方面，它们都比所谓的大都市单纯，容易执行、有成效且更具意义。

音乐也是谢菲尔德的特色之一，这个城市孕育出来的音乐种类包罗万象，尤其以室内电子乐为最，英国当红的北极泼猴（Arctic Monkeys）乐团就来自谢菲尔德。而我们喜爱的民俗乐团、爵士乐团也不在少数，各种音乐类型蓬勃地在城市不同风格的酒吧里演出，为寂静的英国夜生活增添许多乐趣。音乐，对于许多表演者来说，抒发个人情感与对音乐的热爱，更甚于录制一张卖钱的专辑。

我们，就是以这个看起来不起眼却热力四射的北英格兰城市为出发点，一点一

市政厅旁的 Peace Garden，夏日总挤满日光浴与戏水的市民

滴认识了不列颠大岛。对于英国的好印象，大概也来自这个城市里友善的居民与生活状态。谢菲尔德大学对于海外学生家属的照顾，也让其他城市的朋友羡慕不已。学校除了提供免费英文课程，也组织了国际太太俱乐部，还可以再借由这些社团，往外延伸到各种小团体，因而可以认识不同国籍的朋友与热心的当地人。我在谢菲尔德的忘年之交 Cecilia，就是这样因缘际会认识的。她是位专业钢琴老师，自己在家里组织了一个海外朋友小型聚会，每周固定时间去交流、分享、聊天与喝茶。一开始是抱着多练习英文的想法而参加，现在她则成了我在英国最要好的朋友与长辈，慷慨大方的她，教会了我许多英国生活的大小事。

除了学校之外，不同的社团组织也都提供各类免费的进修课程。大学里的成人教育学分班更有多元课程供选择，毅力足够的人，修满学分也可以拿到各等级学位。没有收入又是学生家属的我，可以用极低的学费报名上课，旅游文学写作、英国教区教堂、山峰区国家公园、英国生态、谢菲尔德地志等，都是让我更深入了解英国的有趣课程。

六年多来，在这里认识的国际友人来来去去，毕了业回国或是转到英国其他城市继续就学就业，大家仍旧对这个城市念念不忘。她就是有种奇妙的魅力，吸引着大家的眷恋。在这里，没有大都市的繁华与热闹，当然也没有大城市的喧嚣与疏离，但是一样有城市生活的便捷，而且二十分钟车程就能遁入国家公园的大自然中，更是一种让人放慢脚步、享受生活的魅力。

谢菲尔德，毋庸置疑地，会是我最怀念的英国城市。

谢菲尔德大学最老的建筑 Firth Court

谢菲尔德大学的 Arts Tower 是城市最高的地标，建筑系就在里头

谢菲尔德大学校区旁 Weston Park 的秋季印象

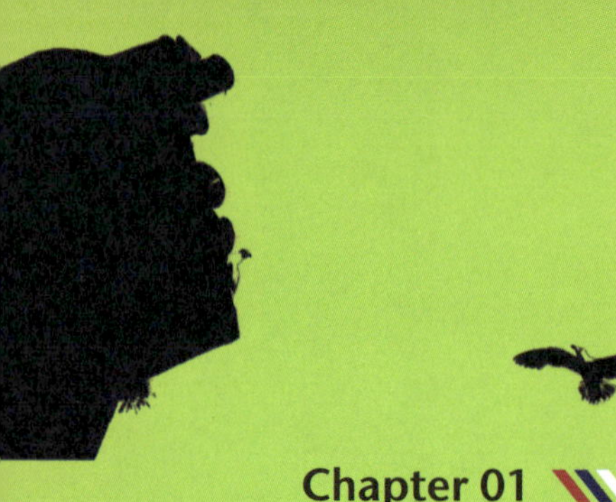

Chapter 01

海滨 · Seaside

北海小渔村｜惠特比 Whitby

走私胜地｜罗宾汉湾 Robin Hood's Bay

工人的温泉乡｜兔唇自治区 Scarborough

边境小镇｜贝里克 Berwick-upon-Tweed

惠特比
Whitby
the 'CRaft FaiR' SHO
ROBIN HOOD'S BAY
Painted
PEBBLES
罗宾汉湾
Robin Hood's Bay
兔唇自治区
Scarborough
贝里克
Berwick-upon-Tweed

北海小渔村 惠特比 Whitby

新城区的天际线

惠特比出海口的灯塔与护岸

英国，四面临海的岛屿，但令我感到意外的是，她们与海洋的距离似乎很遥远。有一种说法是，高纬度的气候寒冷，又北大西洋的海水温度过低，连夏季都不适合海滨活动。因此，富有的英国人总是在西班牙、法国南部、希腊、塞浦路斯等温暖的地中海地区有第二个家，用来享受南欧阳光与沙滩。英国许多号称海滨度假胜地的地方，多半沦为庸俗的游乐场与廉价纪念品店的印象，像是北约克的 Scarborough 一样。此时，“阶级”意识又会悄悄浮现。连度假也分等级的英国人，海滨度假胜地是给工人阶层享用的，有钱人则往南飞。

春天，英国四季最美也最热闹的季节，天气不再阴霾如冬，万物从黑暗的大地苏醒过来。乡间到处可见新生的小羊，野地里的花也按着时序不断绽放，从石蒜科雪花莲到番红花，接着黄水仙，然后就是蓝钟花，一波又一波鲜艳的攻势，让大地一下子变得朝气蓬勃。这个时节，每天都可以明显观察出植物的生长速度，翠绿的嫩芽不一会儿已经爬满整棵大树，大地又是一番生气盎然的景象，看了就让人跟着

离开热闹的港边，惠特比是个安静的渔村

兴奋莫名。当然，也是沉寂已久的旅人，开始计划出游的好时机了。

荒原的春天

车子穿越北约克荒原国家公园（North York Moors National Park），起伏不大的平缓丘陵地，均匀地铺着一望无际的石楠丛，初春之际还是一片干枯的深棕色，想象夏末时，白色、紫色的石楠花盛开之际，会是多么的惊人。这里的地景，跟我们熟悉的山峰区（Peak District）看似雷同，却又不太一样，山峰区有起伏较大的山形谷地，而这儿则有更开阔的荒原视野。

春天的羊群里混着许多刚出生的小羊，不知好歹、懵懵懂懂地围绕着母羊又跑又跳的；途中巧遇一列开往约克（York）的蒸汽火车缓缓驶过旷野，怀古的金属烤漆火车头，拖着一节一节的木制车厢，有如电影场景般，有点时空交错的混乱感觉。隐没在荒原中的溪水，潺潺流过，好一幅太平盛世的画面。为什么这世界上的

复古的桅杆帆船，已变成了博物馆（上）
码头边搭载游客出海的船只（左下）
每艘船的名字都很响亮，这艘名叫“乐观者”（右下）

人，不能像这个角落一样，平和地、安静地过日子，非得搞得整个地球乌烟瘴气！

英国的道路，总是这么蜿蜒、曲折、有机地沿着地形地势开筑，刚好会车的二车道，也足够使用。拓宽马路、截弯取直，对英国人来说，大概是天方夜谭吧。他们认为保留了最自然的地景风情、最原始的乡土人文，是一个地方最重要的精髓，就连在荒原中竖起一根根白色风力发电的风车，都被视为严重破坏景观，而阻碍重重。因此，这里的社会不会发出这样的声音“没有便捷的交通，如何发展观光？”

在台湾，既有的道路总是拓宽、拓宽再拓宽，没得拓宽的地方就开路、开路再开路，不然就高架、高架再高架，真需要这么多四通八达、笔直、宽大的柏油马路吗？快速道路与高速公路，一条一条开通，台湾一些原汁原味的地景地貌，总是在这些好大喜功又欠缺考量的政策中，在我们的记忆中一点一滴地消失不见。很多观光点只是短视地为了眼前一窝蜂的观光人潮，一阵热潮之后，旋即又退却。观光发展，也很需要考量永续经营的精神，才能长久生存。

在异乡，总很容易将这里的一些现象，反射到自己的身上。看到别人的好与不好，正是反省自己的那面镜子，尤其是文化观、环境观与生活价值观。我们的社会发展过程中，太过注重外在、强调硬件与效率，对于真正该花费心力的软件与观光本身的发展，反而不受重视。有了内涵、有更多感性的元素，即使少了点便捷的交通，大家还是愿意千辛万苦来的。

曾经辉煌

从我们居住的谢菲尔德出发，经过两个半小时车程，穿过无数不知名的小城镇，车子停妥在 River Esk 旁的停车场。河流、房舍、山丘、修道院遗址、码头、帆船、渔船、修船工人、海鸥、遛狗老人等等，搭配着奢侈的蓝天，目不暇接的渔港多元景致，让人不知该从哪个角度开始欣赏。

惠特比在 18、19 世纪曾经显赫一时，是繁忙的工业港及造船重镇，拥有一千多年捕鲱鱼的历史，18 世纪北海捕鲸业发达时，这个港口也是个重要据点。历史上著名的库克船长（Captain James Cook, 1728—1779），就是在这个小镇出生的人，他在这里学习了航海技术，为 1746 年开始领航四艘舰队的辉煌航海生涯奠定了基础。现在纪念他的青铜像，仍旧英气焕发地站在港边高岗上，睥睨着每艘进出港口的大小船只。一个地方可以留下一些为人传颂的历史，无论是否真实抑或夸大，听起来总是让人多一点想象空间。

Esk 河流将小镇一分为二，东边是码头旁的旧城区，西边则是新城区，虽说是新城区，却也是 18、19 世纪留下的近三百年的老城。河道两侧沿着地势，散布着许多可爱又鲜艳的房舍，每一栋都恰好站在自己的位置上，不多也不少，与周围自然环境合而为一，不会有特别突出、破坏天际线的丑陋建筑。

游客中心一带的码头区，总是堆满了一个个捕虾笼，这是惠特比在各类旅游书上最经典的画面之一。不知这些看起来颇干净的捕虾笼，是否只是拿来装饰用，借以增加这个渔港留给游人的印象。河岸边设置许多休憩椅，三三两两的老人，坐在太阳下，享受难得的阳光和温暖，还一边愉快地交谈着，令人称羡的快意生活！

新、旧城区

往港口的方向走去，新城区的码头边早已被一家家为满足观光客的餐厅与纪念品店占据，每家餐厅都标榜着贩卖道地的海鲜料理，尤其是英国最著名的 Fish & Chips。其中喜鹊咖啡馆（Magpie Café），号称卖的是全世界最好吃的 Fish & Chips。第一次来访时没经验，挑在用餐时间光顾，望着一张张客满的餐桌上，香气四溢的金黄炸鱼薯条，让人咽了好几次口水。但是碍于巴士的发车时间，也不想惠特比之行只留下炸鱼薯条的美味，只好放弃。

挥别了美食，我们还有更重要的景点要拜访。走过铁桥，就是铺满鹅卵石的旧城区街道。这一带有更多符合游客需求的艺品店、餐厅与露天市集，狭窄的街道上满是游人，热闹但不致感到拥挤，橱窗里的摆设总能吸引人潮进去消费，也让这个曾经繁忙的渔港，能借着观光业继续维持下去。

199 阶抬棺梯

沿着旧城的主要街道教堂街（Church Street）闲逛到尽头之后，右转，即是通往山丘上圣母教堂（St. Mary Church）的 199 阶教堂阶梯。这个陡峭阶梯，最早是抬棺柩用的，现在上面走的则是来自四面八方的游客。每个人都气喘吁吁地往上走，远离喧闹的教堂街。爬上阶梯，整个惠特比小镇全在视线范围之内，从河流两

捕虾笼是港边最鲜明的印象（上）
大排长龙的喜鹊咖啡馆（下）

修道院旁上千个年代久远的古墓

岸的房舍，一直延伸到外港的两座灯塔，越往上走，视野越好越远。

阶梯的尽头，是一座古老的凯尔特十字架，接着就是成千上万的古老墓园围绕着教堂，这一定请了风水师看过地理方位吧！居高临下的位置，仰望着天空，俯视着河海，能长眠此地的人，很幸福！

墓碑的年代看起来都历史久远，多数随着时间自然风化，碑文早已不复存在，就连铺设在人行步道上的石板，都是就地取材的“墓碑”或“石棺”。巧遇一群由一男一女老师领队的小学生，每个人手上一本素描簿、一支画笔，各自选定一块墓碑坐定，开始户外写生课，很鲜明对比的画面，小朋友们跨坐在墓碑上，趴在坟墓上，认真地描绘起他们心中的惠特比。可惜没有足够时间等待他们完成，真想瞧瞧他们坐在古墓上所看见的世界。

残缺的壮丽

走过教堂与墓园区，目光立即被这个小镇的醒目地标所吸引，惠特比修道院遗址，最早的历史可追溯到公元 657 年的撒克逊修道院，代表着小镇在基督教早期发展的重要地位，之后在 13 世纪经过改建，几百年来的天灾与人祸，如今残留的废墟遗址，仍旧气势磅礴，有着史诗般残缺的壮丽。

目前修道院遗址归属英国古迹保护协会（English Heritage）所有。英国在历史遗址保存上所投注的心力、人力、财力与物力，总让人赞叹，就算仅剩建筑物基座的遗址，仍会备受尊重地妥善保存。英国古迹保护协会拥有庞大的会员与义工，出版各类书籍和纪念品，收益可达到古迹保存的目的，也具有环境教育的正面功能。

一个充满历史联想与古老遗址氛围的渔港，记录着宗教、渔业、工业的发展过程，尺度不大却精华处处，是值得再来一访的英伦小镇。

过去的抬棺阶，现在的观光阶（上）
坐在古墓上专注写生的小女孩（下）
修道院遗址（右）

号称全世界最美味的 Fish & Chips

英国最为人所知的食物首推 Fish & Chips。老实说，对于酷爱海鲜的我而言，这道英国美食，在多次尝试之后，仍旧吸引不了我。但我对于旅游书中特别介绍的这家“The Best fish and chips in the world”，有着浓厚的兴趣，它居然能名列约克郡的几个必访景点里，非得尝试一次不可。第一回拜访因时间太紧，人都已经坐在里面等着点餐，看着厨房上菜的速度与满屋子等候的客人，最后还是决定放弃。

因此，我们有了第二次造访惠特比的借口与机会，就是要尝尝这家 1939 年就存在的“The Magpie Café”。抵达时已经一列长长的队伍，从这栋白黑建筑物前的阶梯一路排下来，等着店家十一点半开门营业，我们也加入了队伍之中。开店没多久，一二楼马上全部满座。

二楼的用餐区视野可直达对岸山顶上的教堂与废墟。马上来份著名的 Fish & Chips 与一份蟹肉沙拉。炸鱼排金黄酥脆的外壳，果然如传说中美味，肉质又鲜又嫩，完全不油腻。蟹肉沙拉也够超值，琳琅满目的配菜与配色，冰凉的蟹肉味道也够鲜美，再来杯冰凉的啤酒，酒足饭饱后带着红通通的脸，满足地离开。出了店门口，仍旧是一列长长的队伍，连隔壁新增设的外带区都大排长龙，真有这么好吃吗？应该说，英国海鲜料理太乏味，他们就只知道 Fish & Chips，鱼要是换个方式料理，说不定他们还觉得怪呢。

等我们走到对岸山头，远远回望，店门前依旧大排长龙。以我吃过的炸鱼排，这家的确值得推荐，有机会游惠特比，别忘了去排一次队！

惠特比观光局 | www.whitbytourism.com

The Magpie Cafe | www.magpiecafe.co.uk

蓝天下的修道院遗址更显壮观

喜鹊咖啡馆里号称有全世界最好吃的炸鱼和薯条

走私胜地 罗宾汉湾 Robin Hood's Bay

登上高处，即可见到2006年英格兰风景邮票中的经典画面

波涛汹涌的海域

罗宾汉湾，离惠特比仅 8 公里的崖边小渔村。一个拥有海岸自然风光、小渔村传统人文、传统建筑景观的约克郡海滨村落。悠闲地在这个蜿蜒有机的渔村里慢条斯理逛上一大圈，体会一下当地环境的细节。旅行，不就是在不同空间里体验一种发掘新鲜事物的乐趣吗？

第一次知道这个地方，是由 BBC 频道“Coast”系列节目的介绍，节目将英国整个海岸线绕了一圈，主持人走在连接惠特比与此地的海岸健行步道上，风光无限美好，给我留下了深刻印象。第二次，更加深印象的是 2006 年 1 月发行的一套英格兰风景邮票，十幅风景中居然出现了一幅这个村落的照片，心想，这个小渔村居然能在众多的英格兰风景里雀屏中选，有机会一定得来拜访一趟。邮票中的渔村照片拍摄于海水满潮时，渔村像是盘落在海边悬崖峭壁之上。我们到访时，海水正退潮，海岸岩层裸露，海草、沙砾、贝壳全都出现在沙滩上，应该穿防水靴来，在沙滩上四处走走，想象着盛夏时节，这处海滨一定很热闹吧。

“Robin Hood’s Bay”这个地名的由来，仍旧是个谜，各方说法不一。几百万年前，这里曾是深海的一部分，至今岩层里还埋藏着许多海底生物化石。幸运的话，退潮时在裸露的潮间带上还可以发现菊石，也难怪纪念品店里贩卖许多菊石，只是不知是真是假。这里最早有人类活动记录，是从一处三千年前的青铜器时代墓地而知；公元4世纪，罗马人也曾在这里筑了信号站，之后，维京人、撒克逊人、诺曼人都曾经在此开垦过，尤其以挪威维京人为最主要的族群。因为这一带富饶的土地与丰富的渔产，使他们得以依赖农业与渔业为生。

英国史上，此地的第一次官方记录是公元1536年，亨利八世时期的一位地志学者；1540年时，海滨已有了五十栋房屋。16世纪时的一本史书中也曾提及这里，

退潮时的沙滩，裸露的岩层中有机会捡到菊石

从停车场一路往下走，即可抵达海岸边

每个转弯处都通往神秘的窄巷

反而完全没提及附近的惠特比，显示出当时这里的重要性。

18 世纪，这里是约克海岸线走私最猖獗的地方，因为天然的海湾地形屏障，三面被垂直的海崖环绕，隐秘性极高。当时，渔夫、农夫、牧师、士绅等社会各阶层，皆参与走私活动，此地的秘密藏身处与隐秘通道到处都是。有一个有趣的说法，一捆丝绸从海岸运到村子的最高点，完全不需要离开房子，全都在房屋与房屋间的秘密通道里进行着。或许，他们应该开发一条秘道之旅的路线，来满足游客的好奇心。

19 世纪中叶，是当地渔业最发达的年代，19 世纪末这里有 130 位渔夫；19 世纪初已经开始有观光客来访，观光业发展得很早。

到访这里，需将车子停在山顶的停车场。村落沿着一条又陡又窄的主要街道发展，从山顶蜿蜒直达海岸。游客有三个路径选择，可以选择主要街道（High Street）一路往海滨走去，也可以选择沿着海边的自然步道前往，更可以穿梭在迷宫似的鹅卵石街道中。我们当然是选择后者。

沿路走下来，几乎所有的新旧房舍皆改为B&B（Bed and Breakfast，英国附设早餐的民宿），再不就是餐厅、茶馆、商店、蔬果摊、旧书店、艺廊、艺品店等等。渔村特有的环境吸引了一群艺术家来此，边创作边开艺品店为生，很幸福很惬意也很知足的生活方式，倒也不至于太过商业气息。假日游人不少，但依旧拥有许多安静迷人的角落。有机会该来这里住上一晚，享受特有的宁静与海边的气氛，然后探访每一条神秘的街道。

从停车场里停满的私家轿车，到每一家B&B挂着“客满”的招牌看来，这个小地方，竟有这么大的能量，吸引这么多游客前来，其中也包含许多健行者，冲着这条著名的海岸步道而来，相信走起来很精彩吧。这里更是北英格兰著名的“东西大纵走”东端起点，西部则由St. Bees Head开始。这条名为“A Coast to Coast Walk”的著名路线，是英国著名的步道指南作者Alfred Wainwright所规划，他以七本手绘的湖区步道书闻名。

游客中心由国家信托经营管理

想象着走私活动如何在民居里的秘密通道中进行

艺品店贩售的绘画明信片

店家贩售的纪念品

民居彩色的大门

艺术工作坊前很有味道的店招

过去走私者活动的海域

从主要道路通往海滩的右侧，有栋 Old Coastguard Station，现已改为游客中心，由英国国家信托（National Trust）掌管，与北约克荒原国家公园（North York Moors National Park）是合作伙伴的关系，里面有一些静态展览，关于村落的历史，关于海湾的自然地形等，有兴趣不妨一探。

这里的海风强劲，自古以来对村子存在着威胁，历史上记录着 1780 年，曾有 22 栋房子因风浪而落海，海岸的自然侵蚀很严重，因此，村里海滨筑起了相当惊人的几十米水泥护岸，视觉上非常突兀，但为了整个村落的生命财产，也不得不为之。

沿着游客中心建筑旁的阶梯往上走，看到远处崖顶上有群年轻学生团体，正有老师带队解说。我们也沿着铺设好的木栈道，往崖顶上走去，站在毫无阻挡的崖顶上，享受着许久不见的“海”，多么“心旷神怡”的视觉感受。住在英国这个大岛上，要看到海，其实是很不容易的，就跟要吃到美味的海鲜一样困难。从山崖上看下来，村子里的建筑几乎全是橘红色屋瓦，好一派特殊景致，这该是那幅邮票照片取景的地方吧。还好今天海风不冷，可以让我们在这里逗留一会儿。

又一个值得推荐的好地方……

罗宾汉湾观光局｜ www.robin-hoods-bay.co.uk

工人的温泉乡

兔唇自治区 Scarborough

远方的城堡与退潮时的沙滩

象征着斯卡堡曾经繁华的Grand Hotel，建筑平面呈现V字形，向维多利亚女王致敬（左页上）

这座桥上是远望斯卡堡与海滨的最佳位置（左页下）

海岸边 维多利亚女王英勇的肖像（右）

斯卡堡（Scarborough），北约克郡的滨海城镇，据称是英国第一个发展的海滨度假区，源自工业革命时期。在维多利亚女王时代，有“温泉乡之后”的雅称，“二战”之后成了英格兰工人阶级的度假胜地，游憩发展的历史已经超过三百六十年。英国的确是个古老的国家，就连游憩区的历史，都是用几百年来计算的。

自吹自擂的英国人

在英国待得越久，越会对旅游书上的一些叙述持保留态度，英国人总是称自己的城堡、教堂、购物中心、博物馆……是全世界最好、全欧洲最大、全英国最美、最古老的，不管什么都冠上一个“最”字。这时候，你得注意前面会有个“one of”，one of the greatest… in the World，看到“one”就表示有陷阱。初抵英国时，每次看到这样的叙述，总是信以为真，怀着崇拜的心情；后来渐渐顿悟，实有“夸大”之嫌。

英国国家广播公司BBC近年来有个知名的电视喜剧*Little Britain*，剧情讽刺英国人及英国社会中一些奇特现象，就连电视剧名称也要揶揄自己的国号“Great” Britain。其中有一幕，导游在游览车上沿途解说，“这是全英国最古老的教堂之一，这是全英国最美丽的花园之一，这是全欧洲最棒的博物馆之一……”原来，他们也

远方的城堡与涨潮时的海域

知道自己的毛病！不过，这也无伤大雅，对自己的历史、建筑、景观，如此地有自信，不也是件好事吗？我们或许就是缺乏了这样的自信心吧。

英国也有消波块

斯卡堡被突出的海岬一分为二，勾勒出一南一北各一湾美丽的沙滩。旧城区位于南岸海滨，从高处远眺，阳光、蓝天、沙滩、游人、城堡，倒是一幅绝美景象。我们往山上的教堂与城堡的方向走去。圣玛丽教堂兴建于公元1180年，教堂周围的墓园里有英国著名女作家安妮·勃朗特（Anne Brönte）之墓，年轻的安妮从哈沃斯（Haworth）来此拜访，受了海滨的风寒竟一病不起，几天之后就去世了，因此就地葬在教堂的墓园中，一直没有回到故乡的家族墓园。

墓园旁的三柱古老残垣，述说着岁月的故事。教堂旁围着一大圈墓园，墓园旁邻着住家，墓园之于他们，就是一处平常的公园绿地，老人坐在墓旁的休闲椅上，安静地凝视着眼前一块块古老墓碑。我还是很好奇，他们心里正想着什么？

从墓园穿过住宅区，来到山岬的北端。北湾也是美丽的弯月形海岸，公路沿着海岸而行，陆地这一侧盖起一栋栋新颖的住宅群。为了预防海浪对岸边的日夜侵蚀，海岸线上填起了一块块的消波块，原来，台湾花莲变调的海岸线也移植到这里来了。

圣玛丽教堂旁的三根残垣（上）
港口的渡轮进进出出（左下）
离开了庸俗的港边，斯卡堡是个美丽的城镇（右下）

“兔唇”自治区

沿着步道来到海岬顶端的城堡。兴建于12世纪的城堡，仍保留了壮观的城墙，青铜器时代与铁器时代的考古物说明了这一带的发展史，之后又历经了罗马人、萨克逊人、诺曼人以及维京人，一直延续到现在。关于Scarborough地名的由来，源于维京人给这块区域的绰号Scardi，意思是兔唇（harelip），形容这里的南北海岸线像是兔子的嘴的形状，后面则加上英国许多地名皆有的borough，“自治区”的意思，所以，斯卡堡就等于“兔唇自治区”。

城堡与城墙目前由英国古迹保护协会所管辖，以往居高临下的战略位置，现在则为游人提供了极佳的鸟瞰视野，北海、港口、海滩、旧城区、新城区全都一览无遗。沿着规划良好的阶梯步道，一步步往海滨的旧城区前进；住家就在步道旁，老太太正准备带着她的狗出门购物去，很生活化的街巷场景。整个城镇沿着地势发展而高低错落，红瓦斜屋顶上一根根正冒着暖暖白烟的烟囱，引来了海鸥停靠取暖。它们世世代代在此，也会受不了这刺骨的北海海风吗？

步道上的休憩木椅

城堡四周绿意盎然（上）
以朴实、稳固、厚重风格著称的诺曼式城堡（左下）
12 世纪的斯卡堡（中下）
城堡遗址现由英国古迹保护协会经营（右下）

住宅区里的涂鸦壁画（左上）
岸边堆积如山的捕虾笼（左下）

英国海滨度假胜地的必要元素，摩天轮

变调旧城区

英国海岸线有不少标榜着海滨度假胜地的城镇，都有类似的庸俗气质，例如布莱顿（Brighton）、黑池（Blackpool）、纽基（Newquay）等。这些地方因为发展得早，甚至已经发展过了头，旧城区林立的纪念品店、餐厅、小贩、游乐场、赌场、大小旅馆，还有英国绝不可少的娱乐元素“摩天轮”。从港边维多利亚式的大旅馆看来，多少可以嗅出此地观光曾经蓬勃发展的盛况。海滨距城区只有短短的50米，虽是有极陡峭的坡度差，应该还不至于需要上下通行的缆车。而这两座那个曾经繁荣的年代所留下的缆车，现在仍在运转中。

港口停泊的大小船只，各自有着自己可爱的名号，像是“海豚”、“海豹”、“青蛙”等等，其中一艘最引人侧目的是“Who Cares”，这船长还真幽默。想起台湾渔村的船只，总是用“顺天号”、“成功号”、“广兴号”。不过呢，民族性不同，用途也不同。我们的渔船诉求风调雨顺、渔获广进，他们的大概只是用来消遣娱乐吧。

约克海岸 | www.discoveryorkshirecoast.com

边境小镇 贝里克
Berwick-upon-Tweed

深蓝色涂装的 GNER 列车已成绝响，这是城镇当初吸引我们到访的佳景

Berwick-upon-Tweed 海滨城墙上 180 度全景图

多次搭维珍列车北上苏格兰，每回经过贝里克的铁道桥，看见横跨 Tweed 河上的几座新旧桥梁，以及小镇迷人的天际线与背景的海岸线，心里总想着，有一天一定要来此边境之地瞧瞧。

盛夏时节，开着租来的车一路往北，行李中忘了在英国不常使用的太阳眼镜，被耀目的阳光照得刺眼。途中先停下来跟 Antony Gormley 的《北方天使》打了招呼，绕道 Norman Foster 在新堡的音乐厅 Sage Gateshead 逗留了好一会儿，再到哈利 · 波特的 Alnwick 城堡与小镇晃了一圈，还刚好遇上合适的潮汐时间，开车过海到了涨潮分离退潮相连的 Holy Island，远望英国海岸的名景之一 Bamburg Castle。

一路风尘仆仆，穿过了约克郡，经过了 County Durham，越过了英格兰宁静地图（National and regional tranquillity maps）中最宁静的区域 Northumberland，终于来到了此行的最终目的地。这里不仅是 Northumberland 最北境，也是英格兰极北的边境小镇，Tweed 河上的贝里克。这里离真正的苏格兰边境仅 4 公里，中世纪以来，一直是个争战的边陲之地，一下子划归苏格兰，一会儿割给英格兰。1147—1482 年，总计易主了 13 次，1482 年至今则一直属于英格兰，但实际上她带有非常浓厚的苏格兰色彩。

旅途中的家，B&B

人总是对于边陲、边境之地，有许多的想象与迷恋，因而边境小镇的观光分外发达，行前要找到一家合适的 B&B 竟是如此的高难度。还好小镇的观光网页内容详尽齐全，只是我们中意的都客满了，四个人只好分居在市中心 Church Street 对街的两家。边陲小镇的物价也高得令人不解，不仅住宿不便宜，餐厅也昂贵，不过服务与态度倒是都亲切有礼，B&B 的女主人也都慷慨好客，早餐还会被问及要英式早餐还是苏格兰早餐（就是差了一块黑布丁而已）。不过，能在优雅的 B & B 餐厅里，用英

国人繁复的方式与餐具慢食早餐，也是英国旅行中最愉快的回忆之一；气氛就像在自家厨房一样，分量十足又美味，老板娘还热情到像演舞台剧般，说个不停。

城与桥，阻隔与联系

遇上了难得的大好天气，小镇里游走起来自然分外愉快。早餐后，从 B&B 后方海岸边的城墙开始，不疾不徐地把整个城绕了一圈。别以为这是一般光秃的石城墙，宽广的城墙两侧护坡早已铺满绿色的肥美草地。城墙外侧搭配着蓝天碧海，风平浪静的北海此刻正波光粼粼，港口边几只慵懒的天鹅来来回回，步伐就像小镇的步调一样慢条斯理。城墙内侧每户人家的屋顶都成了海鸥的家，凶猛的海鸥偶尔振翅高飞，用白色羽毛点缀无云的蓝天。此刻正是海鸥繁殖季，屋顶充当了海鸥的育婴室，灰色羽毛的幼雏在烟囱口嗷嗷待哺，鸥爸与鸥妈则用高度战备的防御守护。

小镇天空上盘旋的鸥爸，保护着下方的鸥妈与幼雏

往苏格兰的 A1 道路上，去爱丁堡的火车 GNER 与维珍列车均会停靠小镇，离苏格兰首府爱丁堡不到 小时车程。这里离英格兰反而遥远多了，因此风俗民情与语言腔调更接近苏格兰低地，我很偏执地喜欢这样的地方口音。Berwick-upon-Tweed，顾名思义，就是位于 River Tweed 出海口的城镇，用来区别同样名为 Berwick 的其他城镇。

历史上英格兰与苏格兰之间的争战，表面上停歇了，暗地里仍以各种方式互相较着劲，苏格兰国会也一直有支持独立的声音存在。边境的争战，让小镇饱受英格兰与苏格兰双方的突袭、包围、割让。1551 年，伊丽莎白一世建了最昂贵的防御工事在此，因此强固的防御性堡垒与城墙是小镇的特色之一。可惜在 19 世纪开筑铁路时，大规模拆除了城堡，不过仍有许多军事堡垒完整保存在城镇的四周。而 1717—1721 年兴建的 Berwick Barracks 军营，建筑师 Nicholas Hawksmoor 即是本书另一章节提到的霍华德堡建筑师之一，保存完好的营舍现作为博物馆使用，现在归为英国古迹保护协会所有。

1707 年英格兰与苏格兰统一之后，虽然已经没有国籍上的归属，但此地仍适用于英格兰法令，表示最终还是被划归英格兰。不过即使在今天，仍有苏格兰国会议员强烈主张应将此地归还给苏格兰；更有苏格兰国会议员主张将整个边境往南移 32 公里，即可将此地归为苏格兰。但是其间的法令问题繁复，又加上英格兰与苏格兰之间的微妙关系，这个问题恐怕仍继续争执不下。不过，根据电视节目所做的民意调查结果，60%的民众认为她应该回归苏格兰。

13 世纪时，这里已经是苏格兰最富有的贸易港口之一，以出口羊毛、谷类、鲑鱼为大宗，因此，自古以来有许多外来商人进进出出，包含德国和荷比卢等低地国家，是个文化高度融合的小镇。现在 60%的居民以服务业为生，经营商店、旅馆、餐厅，是个观光业高度发展的地区，街道上两三步就一家 B&B。

当初吸引我们目光的即是横跨河流上的数座雄伟桥梁，最明显的地标就是

环绕小镇一圈的城墙，现在成了美丽的散步道

城墙边上的漫步行

堤防与灯塔出现在 Lowry 于 1956 年所画的 Pier and Lighthouse 画中

十五孔的 Old Bridge 石桥，长 355 米，宽 5 米，兴建于 1610—1624 年间，曾是伦敦到爱丁堡的必经之地，现在则是游客们逗留怀旧之处，仅能单向通行。而另一座则是铁路行经的 Royal Border Bridge，于 1847 年所筑的 658 米的铁道桥，有二十八个美丽的砖造拱形桥墩，横跨在 38 米高的河面上，当时维多利亚女王还特地前来剪彩通车。第三座桥梁则是 Royal Tweed Bridge，1925 年所建，为串连 A1 快速道路的连外道路，全长 430 米，当年通车时是英国最长跨距的桥梁。更上游一点还有一座 137 米的 Union Bridge，1820 年兴建之初也是世界上最长的吊桥。

老桥

The Berwick Lowry Trail 艺术漫步

这个身处边陲的小镇不仅桥梁印象鲜明，海港意象浓厚，还与英国知名画家 L.S. Lowry（1887—1976）关系密切。来自曼彻斯特的 Lowry，画风以 20 世纪初北英格兰工业城市的人物与工业风景著称，曼城还有一座以他命名的大型艺术展演中心 The Lowry，里面收藏了他一系列的画作。1930 年代开始一直到他过世前的夏天，Lowry 不间断地拜访此地，留下许多当地风景与人物画作。现在可以依循着画家当时的取景之处，走一趟 The Berwick Lowry Trail，小镇当局制作了明显的指示标，甚至有照片与画作的对照，非常引人入胜。

小镇里的 Castle Hotel 是他的落脚处，第一次取景的 Dewar's Lane，镇上的市政厅、老城与街道、桥梁、港边的码头与灯塔、船只、海岸风光、沙滩、建筑，甚至是当地的足球比赛等等，都曾在他的画笔下出现。独特、鲜明的边陲小镇，不仅吸引游人，也是画家眼中的美景。Lowry 当时曾认真考虑搬来此地养老，不过最后还是选择邻近家乡，曼城边山峰国家公园里的 Glossop 终老。

有机会到 Berwick-upon-Tweed 一游，别忘了来段美丽的艺术漫步。

The Berwick Lowry Trail | www. familytraits. co.uk/ berwick_upon_tweed_moments_in_time.html
Berwick-upon-Tweed | www.berwick-upon-tweed.gov.uk/guide

走过老桥，回望小镇

左上的房子即是 Lowry 画中的 The Lion House（左上）
城市中的尖塔，即是曾出现在 Lowry 画中的市政厅，前方绿地是城墙边的市民农园（右上）
Lowry 于 1938 年所绘的 Bridge End，位置就在老桥边（左中）
Lowry 于 1938 年所绘的 Bridge End，现在的街景几乎与 70 年前相同（右中）
城墙上 Lowry Trail 的景点，Lowry 当年画足球赛（Football match）的场景，右侧的绿地即是足球场（左下）
Lowry 于 1958 年所绘的 Berwick old Town（右下）

Chapter 02

庄园 · Estate

北约克隐世花园｜喷泉修道院 Fountains Abbey

英式巴洛克｜霍华德堡 Castle Howard

英式帕拉迪奥｜查兹沃思庄园 Chatsworth House

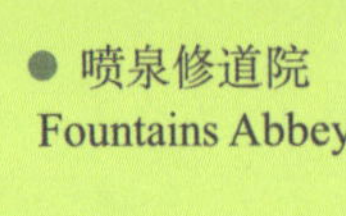
● 喷泉修道院
Fountains Abbey

● 霍华德堡
Castle Howard

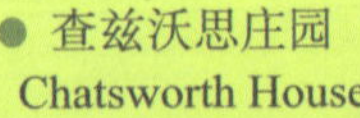
● 查兹沃思庄园
Chatsworth House

北约克隐世花园

喷泉修道院
Fountains Abbey

圣玛丽教堂的黄昏剪影

保存完整的修道院遗址

修道院里绿意盎然的春季景观

英国的秋天，太阳公公就像只病猫一样，总被浓厚的乌云给关了起来，即使偶尔出来露个脸，也发挥不了任何威力，散发不出它该有的热量。很难想象这些高纬度国家的居民，是怎么度过一年一年的严冬的，不过他们也这么过了几千几万年，我这个亚热带来的人是多虑了。

天天注意英国的气象预报，虽然预报的速度总赶不上天气变化的趋势，不过它还是偶尔给我一点点希望，幻想一下什么时候又可以整装出门。逮到了一个不下雨的空当，此行的目的地是位于北约克的喷泉修道院与斯塔德利皇家公园（Fountains Abbey & Studley Royal Park）。这个是我们念了很久，想去没去的地方。

英国的修道院遗址很多，喷泉修道院可算是保留最完整的一处。游客们惊奇地穿梭在遗址群的古墙与古柱列之间，想象着几百年前，西多会的修士们是怎么在此过着苦行僧的日子。断垣残壁之间，散发着一股神秘的吸引力。遗址之外，闲适地游走在快意流畅的景观花园里，足以提供一整天身心最大的满足。在花园里碰上一对老夫妇，他们办了会员年卡，每年四季都来此走上一回，享受着一年当中不同的季节变化，听了让人好生羡慕。

喷泉修道院

行前仔细阅读了修道院的历史典故，这里有如一块隐身在北约克荒原中未经雕

占地广大的修道院，适合悠闲散步或健行

秋季的修道院风景

琢的璞石，充满着无尽的宝藏。我们该早点来的。先来说说这个地方八百七十多年的历史故事吧。

公元 1132 年，十三位原本属于约克圣玛丽大教堂的本笃教会（Benedician）修士，想要恢复公元 6 世纪的本笃教规，结果抗争不成，反而被教会放逐到这块不毛之地。约克大主教划了这块沿着 River Skell 的土地给这十三位修士，让他们自己建造一座更符合俭朴生活的修道院。

三年之后，他们变成了西多教会（Cistercian）的修士。在严厉的教规之下，修士们过着节衣缩食、不可多言的苦行僧生活。这段时间是修道院最重要的发展阶段，石匠、制革工人、鞋匠、铁匠等世俗的弟兄们，带领着修士走出常规的修道院生活，让他们拥有自给自足的生活能力，并开始从事照顾羊群等工作。这让修道院的财富与经济实力快速累积，到了 13 世纪中叶，这里已经是英格兰最富有的宗教组织之一。

无奈好景不长，14 世纪时，因收成不好，又遭遇苏格兰人袭击，加上黑死病威胁，教会经济实力开始下滑，世俗弟兄的组织也开始缩减，修道院开始出租土地给佃户。尽管修道院的经济实力大不如前，但仍为西多教会保留了重要的信仰价值，也让宗教信仰再次复兴。

从 The Surprise View 远望修道院的穿透性景观

斯塔德利花园里有数个典雅的装饰性凉亭

公元1539年，英王亨利八世进行宗教改革，下令解散全国的修道院，结束了喷泉修道院的命运。修道院改建为另一个新主教教区的希望落空之后，没几个月光景，建筑物上的玻璃、铅制窗框等有价值的建材，在运往约克的道路上陆续被发现，修道院渐渐变得残破不堪，仅剩下厚重的石材。据称此处是目前英格兰保留最大最完整的修道院遗迹，周围被广大的自然腹地包围，气势依然壮阔，一旁的流水更增添了景观的多元性。北国的四季变化之美，更是吸引人的地方。

泉水厅

之后，修道院及所属的202公顷土地，转卖给商人理查爵士。之后经过理查家族

修道院遗址内部保存良好的空间

右侧是修道院中殿，左边是侧翼

斯塔德利花园优雅的水岸景观

的传承，再度卖给 Stephen Proctor，他们利用了部分修道院石材，在 1598—1604 年，建造一栋伊丽莎白时代样式的泉水厅（Fountains Hall）。这栋建筑在英国内战期间，曾经为天主教徒提供了一个隐身的安全之地；而乔治六世与伊丽莎白女王在未登基前，也曾经受 Vyner 家族之邀作客此厅。今天，这个宅第除了开放给一般游客参观之外，其中两个房间也作为住宿或宴客等商业之用，更是举办婚礼的绝佳场所。

斯塔德利皇家花园

紧邻修道院，占地广大的斯塔德利皇家花园（The Studley Royal Park），经过几百年来自然与人为的演变，已经是一片充满自然野趣的林子。这片广大庭园，在

知名的诺曼式拱门

1767 年之前分别属于不同地主所有，1693 年时由 John Aislabie 继承。这位善于社交且具政治野心之士，1695 年入主英国保守党国会议员，1718 年更担任内阁财政大臣。不料，1721 年时因政治责任被国会除籍，他只好回到这块土地上，专心致力于规划一个梦想中的水岸花园，一直到 1742 年辞世为止。他的儿子威廉继续接手这个工作，帮父亲完成了这个自然气息浓厚、野生动物生存其间、林相丰富的水岸景观庭园。威廉更在 1767 年买下修道院地产，对周围地区进行全面规划。此处被认为是 18 世纪英格兰最重要的水岸花园景观设计，也影响后来英国的景观设计。后来的岁月，斯塔德利皇家花园又陆续经过家族后代子孙之手，演变成我们现在看到的宁静美丽样貌。

整个水岸景观花园，带着几何图形的设计原则。18 世纪的景观设计，多半带有装饰性的凉亭与雕像，庭园中每个角落都隐藏着造型优雅的亭子，有威廉为纪念父亲而建的新古典式 The Temple of Piety，有 Aislabie 拿来当作宴客厨房的 The Octagon Tower，有两个观景用的 Temple of Fame 和 Anne Boleyn's Seat。其中最知名的就是 Anne Boleyn's Seat，它有另一个更贴切的名字 The Surprise View。站在这里，可以享受从两排树丛中、河谷间远望修道院遗迹的穿透性景观，一个悠远深长且充满想象的空间，这是从法式庭园的设计概念而来。

我们曾经双脚踩踏在林中深秋的落叶步道上，也曾驻足于春天开满野花的林间小径中，数量颇多的雉鸡迅速矫捷地在树林底层穿梭，偶尔还会振翅高飞。在这里，享受着周围调和的自然环境，即使不特别钻研这些景观设计理论，光是最直觉的视觉感受，就已足够。

修道院基座　　分成三个时期完成的修道院塔楼

鹿园

园区里野放了五百多只鹿

占地146公顷的鹿园（The Deer Park），紧邻整个园区的北侧，里头驯养了五百多只鹿，有Red Deer、Sika Deer、Fallow Deer等种类，不时可以看到车子停下来等待鹿只过马路的情景。这片土地经过几百年的演变，现在已经成了动物的自然栖息地，有不特别经过人为修剪的牧草地，也有许多刻意制造出来的枯枝树干，可提供无脊椎动物生长的天然环境。当然也有丰富的鸟况，最常见的是环颈雉。没有天敌的雉鸡，只好靠人为猎杀，秋季傍晚的昏暗光线中，在林间看到一台园区小卡车，上面挂满一整排刚被猎杀来的雉鸡，准备进入厨房，转进饕客的腹里。

无缘见到书上数百只鹿群站在雪地里的场景，冬季，应该再来一趟吧。

圣玛丽教堂

绕过一部分的鹿园后，目光马上被道路轴线两端的焦点给吸引，右边端点是Ripon小镇的大教堂，左边端点则是园区里的圣玛丽教堂（St. Mary's Church）。该教堂是维多利亚女王时代的新哥特式建筑，包覆在纯朴外观里的，是金碧辉煌的天花板与彩绘玻璃。这是英国宗教建筑师William Burges的杰作，当年是为Ripon第一任侯爵与夫人所建。他在1859年继承这片园区，也是位成功的政治人物，曾任

圣玛丽教堂的内部空间

圣玛丽教堂的黄金穹顶

国家信托基金经营的商店，贩售各种出版品与纪念品

纪念品中有不少材料是来自当地的林间朽木

印度总督。因为侯爵不喜欢文艺复兴式建筑，偏好中世纪建筑，因此选择了新哥特样式。教堂现在已经没有祈祷仪式，仅定时开放给游客参观。

养护保存

修道院遗迹在 18 世纪末到 19 世纪初，经过了大规模的挖掘与修补工作。到了 19 世纪中叶，这里已发展为一个广受英国游客喜爱的景点。1950 年代，进入这个广达 333 公顷园区的票价是“1 先令”，价值相当于 1999 年的 8 英镑。

1966 年，地方政府买下了这块土地，将修道院遗址归属英国古迹保护协会保管养护。1983 年，转由英国国家信托永久接管这块地的所有权。

感佩英国国家信托这样的民间组织，长久以来以自给自足的经营方式，或推广会员制度，或卖门票，或出版相关书籍，或行销相关纪念品，或经营各种特色住宿，或办各种推广教育，或推行 working holiday，或推行成功的义工制度……一方面达到组织营运的目的，一方面也达到教育民众的目的，当然也达到为英国保存许多珍贵自然生态与文化史迹的最终目的。他们的经营、管理、组织、行销与宣传等策略，的确值得深究与学习。

隐身在北约克郡的喷泉修道院与斯塔德利皇家花园，是富含人文景观与自然景观的世界文化遗产，园区里的重要历史建筑、西多教会修道院遗址、设计多变的景观建筑、18 世纪的水景花园、维多利亚时期的圣玛丽教堂、野放了五百多只鹿的广大鹿园，以及隐藏在背后的精彩历史故事，皆是 1987 年列入世界文化遗产保护的重要因素，也是每年吸引三十多万人次游客造访的原因。

喷泉修道院｜ www.fountainsabbey.org.uk

英式巴洛克 霍华德堡 Castle Howard

霍华德堡气势恢弘的主建筑 the House

霍华德堡的正面全景图

在英国旅行最幸运的事，就是有一个没有阴霾、不要撑伞的蓝天白云干燥天，那绝对是可遇不可求的。欧洲的 2、3 月仍有下大雪的可能，原本不常降雪的英国，偶尔也会被突如其来的大雪搞得一团混乱。很幸运，我们所在的南约克，西侧有奔宁山脉的天然屏障，气候尚称温和。不过，早春的北英格兰虽不常下雪，气候总是阴晴不定，气温还是逼近 0℃。

引人入胜的家族史

学生时代，历史这门课，总是让我伤透脑筋，我永远无法把年代与事件兜在一起，尤其是这些离我更遥远的西洋史。来到欧洲之后却完全改观了。这里的一景一物，甚至一草一木，背后都有着引人入胜的历史与典故，时常接触，不用特别花脑筋，就会自动内化到你的记忆中枢里。但是，英国的那些皇朝、那些家族、那些世代，动辄数百年或千年的历史，世代相传的复杂经过，关系交错的家族谱系，仍是我最大的挑战。不过这个有着三百多年历史的霍华德家族，与这座英国巴洛克代表作霍华德堡，意外地引起了我深入探索的兴趣。

位在北约克的霍华德堡是提到英式巴洛克建筑时不能忽略的代表之作。在英国，或许因为性格传统保守，或许因为英国国教的清修教规，在欧陆常见的华丽繁复巴洛克建筑，这里并不常见。与欧陆巴洛克建筑一比，霍华德堡雍容华贵的程度

远远不及，倒比较接近英国豪宅所热衷的帕拉迪奥样式。

在英国，无论是豪华宅邸还是城堡等历史建筑物，历经时代的变迁，总会几经转手，通常已非原家族所有。而霍华德堡的大片地产，三百多年来一直是霍华德家族所有，因此保留得十分完整。霍华德堡并非如其名是个“城堡”，而是由一栋华丽而历史悠久的私人宅邸，以及精美的收藏、自然的庭园景观、大片农地与森林、数个小村庄等等元素所构成的庞大地产。现任继承人是位成功的经营者，在继承了超过一万英亩（约 40.5 平方公里）的地产之后，从房地产、农业、林业、观光业、零售业等各方面着手，采用现代化多元化经营方式，让拥有三百多年历史的霍华德堡不仅保存得宜，也散发出更大的光芒。

除了商业经营之外，霍华德堡也支持许多学术研究项目，涉及建筑、景观、家族史、艺术收藏等领域，他们有管理精确的档案资料可供调阅，更与邻近的约克大学和 Country Houses of Yorkshire 有密切的合作关系，对学术、教育以及其他方面都有不同程度的参与。

位于两个人造大湖之间的主要建筑 The House，当初花了超过一百年时间才兴建完成，前后跨越了三任公爵、多位建筑师与无数工匠，一点一滴地形成了这个颇具规模的家族产业，其中还包含周围几个小村落和大片农地。不仅是建筑工程的成就，屋内的家具、画作、雕刻、瓷器、古董收藏，经过家族世代的典藏与继承，也

英式巴洛克建筑的代表作

颇有看头。霍华德堡的历史不断更迭，建筑与景观也因世代传承，或多或少依着当时主人的喜爱而不断改变其面貌。而这些历史的累积，也赋予了这栋一直未完成的建筑不可或缺的魅力，也才有今天我们看到的样貌。

光是置身古典建筑与自然景观的美景当中，就已令人赞叹不已，如能进一步了解其中交错复杂的家族史，公爵与建筑师之间、继任者与诸建筑师之间对于设计的坚持和拉扯，以及最后出人意料的发展结果，则更能加深对这栋建筑的惊叹。

曲折的建筑历程

霍华德家族起源于威廉霍华德公爵，他的曾孙查尔斯·霍华德是位投机政客与商人，在英国内战期间，被封为卡莱尔伯爵。霍华德堡就是建自这位第三任伯爵，他不惜投下大量的时间与金钱，企图建造一座奢华的宫殿，以宣扬自己的社会地位。

公元1699年，第三任伯爵查尔斯和他聘雇的两位建筑师范布勒（John Vanbrugh）与霍克斯摩尔（Nicholas Hawksmoor），开始了这栋巴洛克建筑的第一页。最初，伯

庭园里观赏用的孔雀，不时开屏吸引游客目光

室内参观就像走了一趟精致艺术收藏博物馆

爵并不是采用这两位建筑师，最后却被非建筑专业背景的老练剧作家范布勒说服了，查尔斯采用了他狂想式的建筑设计方案。最后，范布勒找来真正的建筑师霍克斯摩尔，协助他落实天马行空的设计。

建筑师大胆地为主要建筑采用了南北坐向，以利后来的庭园景观设计。开工十年之后，主要建筑（The House）已经有了具体模样，尤其是戏剧性的石造圆顶。这个在建筑之上有如王冠的圆顶，是巴洛克建筑的象征之一，它也是第一次出现在英格兰的私人宅邸当中。

建筑的外表有繁复华丽的装饰，冠冕、密码、盾形纹饰；柱中楣上也有精细的雕刻，如海马、天使、女骑士，极尽奢华之能事；建筑的天际线也呈现出宽阔意象。当然，这些得付出极大的代价——该建筑及庭园耗费了查尔斯年收入的30%，而这栋位于北约克的霍华德堡，在当时也很快成为上流社会的讨论话题。

主建筑圆顶的内部风景，这是大火之后重建的（上）

主建筑中的内部房间（下）

1715年，伯爵把建筑资金转向周围广大的景观工程，主建筑的西翼工程因此延宕，直到1726年范布勒辞世时，建筑物仍未完成，成了他一生最大的遗憾。1738年查尔斯伯爵去世时，建筑物依然没完成。伯爵的女婿罗宾森爵士继续了这件伟大的工程。他的设计理念，竟是将范布勒未完成的西翼，由浮夸华丽的巴洛克风格，转变成比较朴实的帕拉迪奥式。

继任者，第四任伯爵亨利·霍华德，热爱古董收藏与艺术品鉴赏，曾两度远行欧陆国家，旅途中收集了大量的古董雕刻、意大利画、宝石、18世纪前的古画作等。这些珍贵的收藏，目前仍存放在霍华德堡中。

1758年，第四任伯爵去世。1777年设计师罗宾森过世时，西翼工程仍未完工，一直到第五任伯爵，1811年终告完工。

完工后，东西两翼不平衡的外观，引来了访客的议论纷纷。据第五任伯爵回忆，其父亲非常不满意这些无法改变的错误工程与结果。罗宾森被充分授权，但他推翻了范布勒的设计原样。不对称的东西两翼，有后来的帕拉迪奥风格挑战范布勒最初的巴洛克风格之姿。

四面堂是园区里最吸引人的建筑景观

雄浑的家族陵墓是重要的景观建筑经典之作

接下来的岁月，主建筑物的改建工程仍然不断，许多细部的改建也持续进行，为的是让两翼看起来更加协调，其中最大的工程是1870—1875年，西翼尾端礼拜堂的改建工程。

霍华德堡在历史上最悲惨的事件，莫过于1940年11月9日遭遇的祝融之灾。大火从东南翼燃烧开来，一直蔓延到大厅（Great Hall），烧毁了大厅的圆顶和二十个房间，建筑遭受前所未有的毁坏。接下来几年，霍华德堡兀自剥落倾倒，直到乔治·霍华德继承之后，才下定决心让这栋建筑再次回复她的华丽风貌，让范布勒被毁坏的巴洛克建筑名作起死回生。

在他持续的努力之下，1962年，大厅圆顶重建并装饰完成，其他的在时间与金钱允许之下依序修复；另新建了一座图书馆。1995年，东翼修复工程也宣告完成，从大工程的石造建筑、屋顶工程、花园、湖泊、水流，到小收藏的雕像、画作、古书籍、纺织品，全部都已回到原位。

天意吧，最终，剧作家范布勒的心愿是在隔了快三百年之后才完成。

景观建筑

园区里除了金碧辉煌的主建筑之外，遍布各个角落的景观建筑也颇具风味。名列英国史迹的七世伯爵纪念碑、视野极佳的五哩大道、粗石拱门、改建成小酒馆的门房、装饰性的防御工事、金字塔、方尖碑等等，丰富多彩地错落在园区里，其中最具代表性的要属四面堂（Temple of the Four Winds）与家族陵墓（Mausoleum）。

1724年，范布勒提供了好几个凉亭的设计方案，最后公爵选择了立方体的凉亭、圆形屋顶、四面带有四个门廊的设计。这个提供公爵休闲和阅读的场所，拥有宽阔的视野，圆形大厅里有八根八角形柱头的托斯坎那圆柱，1730年代兴建，1940年代倒塌，现在看到的则是1955年重建后的样子。

景观中最雄伟的建筑就是家族陵墓，1720年代开始兴建，当时第三世公爵年事已高，他在遗嘱里写道“我设计了一座陵墓，将来想安葬在此”。1729年，这栋令人赞叹的建筑完工。圆柱形的建筑，底部是个方形基座，周围围绕着二十根圆柱，内侧另有八根圆柱，穹窿、礼拜堂大窗、70英尺（约21米）高窗、光彩灿烂的天花板等细部，堪称一建筑杰作，颇有罗马小圣堂的影子。

典雅造型的桥梁也是庭园里的焦点之一

园区里有各式古典雕刻作品

家族传承

1952 年，继承者乔治首次对大众开放建筑与庭园，传承到现任继承者，更是成立了一家有规模的经营管理公司，每年平均有二十万人次造访，是约克著名的景点之一。

霍华德堡运用现代化的经营模式，园区里有五十位专职解说导览员，有餐厅、咖啡馆、露营地、拖车营地等设施，主建筑里还有乔装而成的当年的建筑师范布勒与公爵，出奇不意地与游客们打招呼。可惜我们没有遇到建筑师，真想听听这位剧作家的建筑狂想。

观光业之外，对于这块广大的土地，地主也极尽善用之能事。园艺是经营的重点之一，园艺中心、玫瑰花园、各类盆花、园艺导览、园艺教学等等也颇具规模。2000 英亩的林地，不只供野生动物栖息，还有自己的锯木厂，生产高品质的木材，供批发或零售。另外，也有对环境友善的有机农场，生产大麦、小麦、油菜、马铃薯，饲养阿伯丁牛等牲畜。他们也出租供居住或商业使用的房屋，为电影电视剧提供拍摄场景，为团体与公司提供各种活动服务、大型宴会、研讨会、产品发表会、品酒会、夏季烤肉、颁奖典礼、音乐会、射泥鸽（Clay Pigeon shooting）等等，是个多元发展的成功家族企业。

霍华德堡｜ www.castlehoward.co.uk

英式帕拉迪奥

查兹沃思庄园 Chatsworth House

位于德文特河畔的查兹沃思庄园，建筑风格沿革自16世纪的帕拉迪奥样式，这是西方建筑中的一种完美典型，属于讲求精确比例的古典主义，是豪宅最喜好的形式，源自意大利威钦察建筑师帕拉迪奥（Andrea Palladio，1508—1580）

在谢菲尔德，即使没有远行的计划，也要想尽办法到近郊走走，离我们最近的山峰区国家公园（Peak District National Park）则是首选，而山峰区里的查兹沃思庄园（Chatsworth House）又是首选中的首选。以这栋庄园为中心，不管是参观古典建筑或户外庭园，还是每年夏季的大型马术活动与英式乡村园游会，不管是后山规划完善的自然步道，还是周围牧场的健行路径，一直是我们招待台湾来访亲友、与朋友们郊游踏青健行，或与老P两人漫步的绝佳地点。

五百年历史的庄园

从谢菲尔德出发，跳上往贝克威尔（Bake-well）的240公车，半个多小时车程，在小镇Barslow下车，沿着德文特河谷（River Derwent）走，不一会儿就进入了庄园领地。首先碰到的是大片开阔的查兹沃思绿地（Chatsworth Park），名为Park，实则为庄园放牧羊群与麋鹿的牧场，也是每年定期举办大型活动的场地。常常可以在英国乡间小路上看到“小心麋鹿”的三角警告牌，野生鹿群或许不易发现，在这里却可轻易目睹它的真面目。开阔的草坡上也谄媚地以石墙砌成“EⅡR”（伊丽莎白二世），向英国女王致敬。

查兹沃思是一栋超过五百年历史的帕拉迪奥式庄园，周围几百公顷的庭园景观享有盛名，每年冬季关闭，春暖花开时才开放访客参观。这里不仅仅是一座维护完

庭园里的秋季宜人景色　　放牧的半野生鹿群

以干式砌墙法堆起的 EIIR 石墙，就在庄园的山坡上（上）
大片开阔的查兹沃思绿地，是健行漫步的好去处（下）

建筑内部古典气派的陈设

庄园里让人流连忘返的纪念品店，圣诞节、万圣节、复活节期间更是热闹非凡

善的豪宅庄园，周围广大腹地也支持农牧业发展，它的自营农产品商店远近驰名，庄园内的园艺商店、各式纪念品店、茶屋、餐厅、住宿等等也都专业且蓬勃地经营着。除了每年前来参观的大批游客之外，朝气十足的豪宅大院，春夏季也举办各种大小活动，像是国际马术比赛、乡村园游会、钓鱼赛、园艺展、流行歌手演唱会、夏日古典音乐会等等，吸引访客一来再来。

贵族休闲风——马术

每年5月，查兹沃思会有一场国际马术比赛（Chatsworth International Horse Trials）。河岸边的花式马术训练场地里，一早就拥入大批人潮——这里是赛前给马

贵族休闲风的礼仪赛

跨栏比赛

在大自然中举办的马术活动　　跨栏障碍成了小朋友攀爬的游戏场

匹与骑士热身的地方。看着挺拔俊帅的骑士，尤其是脸蛋漂亮、身材姣好的英气女骑士，全身专业行头——头戴马帽，身着紧身马裤与帅气马装，脚蹬马靴，手戴皮手套，腰系马鞭，跨坐在马鞍上——尽情认真地在草地上奔驰，着实让人羡慕！骑士附近围绕着亲友群，一起来为他/她今天的赛事加油打气。他们也个个都像超级名模般，大方地保持着优雅笑容与姿势，让旁观的我们拍照。

场地外围的大片绿地上，停满了“马车”。“马车”不是指古代的两轮马车，而是大货柜尺寸的专业运马车。马术果真是贵族活动，绝非是一般人负担得起的休闲生活。想想要饲养一匹能参赛的骏马，还得特地买一部这样的车载着它，而这辆卡车旁，通常还停着另一辆顶级房车或高底盘的越野车，其中尤以英国贵族品牌的Land Pover为大宗。

越野障碍赛

场中最动态也最刺激的是越野障碍赛。参赛者循着设定好的路线，通过层层关卡，跃过无数个或困难或简单的障碍（其中还有水潭）路线一会儿高一会儿低。我们锁定在几个重要关卡前，等待马儿跃过障碍。越野场地很大，大到看不到路线全程到底是如何设计，只见一匹匹骏马，在骑士的鞭策之下，全力向前冲。

这些比赛可不是比着玩的，参赛者有不少世界级选手。场中有计分板，看着计分板上马匹的名字还真幽默：“我的红色警戒”、“北方神秘”、“简单的诱惑”……这些名字都带有主人对它们的期许吧。计分板另一边的比赛则是短距离的跨栏障碍赛，看台上也总是坐满了加油助威的观众。

乡村园游会最后以数十个各种奇特造型的热气球收场

园游会

越野障碍赛场地的另一边，则是热闹的大型园游会。中心场地是花式马术表演场，园游会的摊子围绕着长方形的表演场地。场中央有身着绅士马装的参赛者，表演各式花招，属于比较静态优雅的马术活动。观众则坐在四周一块块用干草堆起来的坐垫上，看着骑士与马儿的精彩演出，度过最惬意的周末下午。

园游会上的摊子当然都是跟“马”有关的商品，让来参加活动的这些爱马人士们买得不亦乐乎：马鞍、马系、马装、马帽、手套、给马穿的衣服……现场这些人即使非参赛者也都穿着类似的服装。而我终于也知道了一直很欣赏的苏格兰品牌Barbour，它的产品是卖给什么样的人了，现场不少人穿戴着该品牌的服饰与配件，帅气极了。

这些摊子中，最让我印象深刻的是一家专卖马靴的Dubarry of Ireland。长相俊帅的摊位老板，穿着一身自家品牌的马装行头，把摊位布置得简单又具格调。不少女顾客上门，穿着一双双帅气靴子走了出来，一定是被老板给魅惑了忍不住才买的吧。会场上几乎每个摊位都生意兴隆，当然也少不了英国人最爱的酒吧与冰淇淋

女王麾下的禁卫军骑士，也出现在乡村园游会的表演活动中

乡村园游会上绝不能少的旋转木马

车。大人小孩不是穿着刚买的新衣，就是手提着一袋袋战利品，买气十足。

现场除了人多、马多、车多，就是“狗”多，每家人都不是牵着一只狗，而是牵着一群狗。英国人养狗的教养都很优，虽然这么多狗儿出没，绝对看不到一坨狗屎，每条狗都在主人的口令下，说坐就坐，说脸对着镜头就对着镜头——因为我一直对着狗儿拍照。狗狗们也就这样乖巧地窝在主人身旁跟着一起看马赛，然后看着看着，就在舒服的阳光下睡着了。

园游会除摊位之外，也有许多给小朋友玩的游乐场地，像充气滑梯、儿童攀岩场、地震模拟车等等。其中最让我纳闷的就是“端猫头鹰”这个摊位，主人带着十多只各类角枭、谷枭、猫头鹰，其中多数是长相可爱的 Barn Owl。大人交 4 英镑、小孩交 2 英镑，就可以坐在摊位提供的椅子上，戴上专用的皮手套，然后自己挑选一只猫头鹰来把玩。只见小朋友就这样静静地坐在那儿数分钟，与手上的猫头鹰对

山顶上的狩猎塔，现在作为旅馆使用

从狩猎塔上俯瞰庄园建筑与周围广大腹地

望，或摸摸它，或跟它说说话。一回合六个人，排队的人还不少，说是为了猫头鹰而募款，不过总觉得哪里不对。

英式乡村园游会

查兹沃思四周的广大腹地，不仅适合健行、放牧牛羊、钓鱼，也适合用来举办大型嘉年华活动。每年固定登场的除了有夏初的马术活动，夏末的 8 月又来一个乡村园游会（Chatsworth Country Fair）。每年一样的活动，却总是能一再吸引人潮。活动当日的几千辆车阵颇为壮观，广大的牧草地顿时成了临时停车场，也成了下午茶、野餐的好所在。许多人在场内耗了大半天，走累了，索性就拉开后车厢，搬出几张折叠桌、折叠椅，摆上全套专业的野餐组；或者直接铺块野餐专用防水毛毯，在绿草地上喝起了英式下午茶，享受即将结束的夏日温暖。

即使是几千辆车子、上万人次与狗次进出的大型活动，经过了一整天的现场，也仍旧维持着应有的秩序与整洁。这就是守秩序的英国。

2007年苏富比雕塑展中最引人注目的即是英国名模 Kate Moss 的巨型雕塑

场中一支看起来像是女王麾下的禁卫军，骑着马、戴着钢盔、手持长矛，正在右边的场地里热身，准备开始一系列的阵列表演，在场地中冲过来又冲过去的。除了马的表演之外，还有赛狗、泥制飞靶、钉马蹄表演、射箭、牧羊犬表演、白鼬表演等等各项乡村活动，接着又有跳伞、轻型飞机特技、军乐队演出，整场气氛热闹非凡。

现场的英国人可都是有备而来，大家都备了一张折叠椅，舒适地坐下来观赏演出活动。除了动态活动之外，还有各式游乐设施，像绝不能少的复古摩天轮与旋转木马，充分满足了小朋友与大朋友的童趣需求。英国人真的很爱这类玩意。另有几十辆酷炫的 vintage car（专指英国 1919—1930 年间制造的老式古董车），别以为这些车真的很老旧，每一辆都保养得比新车还光鲜亮丽。

现场有超过三百个展售摊位，买卖交易最能活络现场气氛，大家逛得新奇，也买得高兴，大包小包地瞎买，吃的、穿的，有用的、没用的，达到娱乐效果就好。

活动接近尾声，沿着德文特河谷地，飘起了几十个色彩缤纷的热气球，第一次见到数量如此多的热气球同时升空，也第一次看到“灭火器”、“杯子”等奇异造型的热气球。在夕阳余晖的光晕下，结束了欢乐的一天。

英国人举办这类大型活动的确有一套，完善的流程规划，很顺畅，很有秩序，也能很令人尽兴。这些活动多半是家庭式，大人们带着小孩、遛着狗，一起在大自然中消磨一整天，快活无比。

艺术展览

庄园的公爵与夫人总是不乏闲情雅致，历代积累下来已有不少的艺术收藏，因此参观建筑内部，其实也就像是参观艺廊与博物馆一般。不仅有自家的收藏品，庄园近三年来，每年秋天都会与英国艺术拍卖公司苏富比合作，在偌大的庭园里举办大型雕塑展览。庄园不仅提供买家卖家场地，更提供访客一睹罗丹、达利等知名艺术家的当代雕塑作品；通过独特的庭园景观衬托，使艺术品有完全不同的呈现角度，也使山峰区的秋天，不仅有落叶之美，更增添艺术氛围。

2008年的夏天，这里原本规划了一档英国当代最知名的雕塑家Antony Gormley的铸铁人偶展；艺术家打算在庭园里设置100尊真人尺寸的铁人。不料，酝酿多年后、施工接近完成时，在基地的土壤里挖出了珍贵的蕈类，一切只得宣告结束。国家公园当局经过审慎的调查，最后以珍贵生态资源为由，宣布禁止工程继续进行。艺术与生态，又是一项让人难以抉择的课题。

健行步道

除了夏日几场特别的活动之外，庄园最吸引我们的就是周围的健行路线。以查兹沃思为起点，最经典的两条步道，一条是往山峰区首府贝克威尔的步道，另一条则是查兹沃思的后山步道。

沿着往贝克威尔方向的健行路线，会先经过Edensor小村落，它也属于查兹沃思所有。这里有座造型优雅的教堂，附近有家卖蘑菇浓汤、马铃薯浓汤的小茶馆，可以在这里简单填饱肚子，再次出发。步道沿路一派英国乡间风景，草坡、河流、枯树、石墙、羊群，在好天气的衬托之下，显得特别美丽，特别宁静，特别的不一样。

五公里左右的健行路线，没有明显的路标，也不必担心走错路，即使没有地图在手，也可以沿路询问健行者，他们总是那么友善地帮忙。沿途辨识花花草草，看看鸟，轻松愉快地走完这段健行路线，然后在终点贝克威尔喝个英式下午茶，再搭上回程公车。黄昏时刻，还可以瞥见路旁许多正出门觅食晚餐的环颈雉与野兔，然后结束一天身心都充实愉快的行程。

阴雨天在英国算是常态，放晴则是上天的恩宠，如果不想花力气走太远，庄园后山的 Stand Wood 则是另一个不错的选择。从 Barslow 一路穿越宽广的查兹沃思绿地，早晨未散的水汽、稍微变色的秋叶、依旧鲜绿的草地、慵懒肥胖的羊群，都让人感觉通体舒畅。

从庄园山脚下，可看见山上有个明显的目标，狩猎塔（Hunting Tower），可以任意沿着红标、蓝标、紫标、黄标等指示路径，朝着山上狩猎塔出发。经过一段阶梯式的好汉坡，在狩猎塔上可看尽这一带的田园风光。当然，如不想多走，在这里眺望美景也足够。或者，也可以继续沿着后山步道随意走，走过两个小湖与一栋可爱的湖畔瑞士小屋。第一回来此没带地图，拦了一位健行老兄问路，他大方地把刚刚才在商店里买的步道地图送给我们，这才知道整个后山的步道系统如此完善，由四条颜色指示的步道串连，加起来一共 8.7 英里（约 14 公里），可以或长或短地走。从那之后，我们又陆续来走了几趟。

最后，别忘了下山后可以到庄园的餐厅或茶馆，来份丰盛的下午茶，当作美丽的完结。

查兹沃思庄园 | www.chatsworth-house.co.uk

朱铭的太极雕塑也曾随着苏富比雕塑展在庄园里出现

Chapter 03

铁道 · Railway

荒原疾行 | 北约克荒原铁道 NYMR

穿山越岭 | 西约克山谷铁道 SCR

北约克荒原铁道
NYMR

西约克山谷铁道
SCR

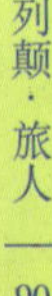

荒原疾行

北约克荒原铁道 NYMR

汽笛声响彻寂静荒原

在 1814 年英国人史蒂文森发明了首辆蒸汽机车之后，铁路便带领世界跨入了另一个时代。一百九十多年后的今天，在这个发明蒸汽火车的古老国度里，仍保存着不少蒸汽火车路线。搭上那机车头吐着白烟的烧煤列车，行驶在荒原里，现代人可以尽情回味 19 世纪的时空。不过，在欧陆国家都已经进入高速铁路的今天，英国人的火车似乎还是停留在史蒂文森的浪漫里。

铁道义工的骄傲

碰巧在 BBC 看到一个节目，专题报道北约克的荒原铁道（NYMR，North Yorkshire Moors Railway），讲述一个民间组织加上一群热心的义工，如何让这条停驶多年的铁支路起死回生的故事。说到英国人对于古老事物的保存与维护，每每让人钦佩不已。总是有这么一群人，无怨无悔且不求回报，一起努力完成一项艰巨的任务：从召集昔日的铁道工程人员和自愿参与的义工，到修复一列列蒸汽机车头，从重新启动蒸汽火车头，重新装修木造破旧车厢，到重新整建老旧火车站，重新埋设铁道枕木与铁轨。

最令人惊讶的，运作这么庞大的工程，多数人仅是义工身份，这些义工有昔日的铁道工作人员，也有狂热的铁道迷，都年纪一大把，只是单凭一股强烈的企图心与使命感，想再一次看到，鸣出汽笛声的蒸汽机车头拉动一列列木造车厢，继续奔驰在荒原当中。影片中，这些人在北英格兰严冬里，顶着冰点的低温，在荒原中铺设铁轨，一小段一小段地缓慢完成。因为缺乏经费来源，也缺少更多有效率的机械工具，全靠这群人的意志力一点一滴完成。有这股精神在背后支持着，让搭火车的游客们，都能感受到一股莫名的骄傲。

小站的复古风情

Pickering 月台上的老站长与候车乘客

活化石的老站长

NYMR 铁道路线曾是《哈利·波特》拍片场景

电影与观光

位在北约克荒原国家公园（North Yorkshire Moors National Park）核心地带的这条铁道，从南边的 Pickering 出发，穿越大片自然的荒原，来到北边的 Grosmont，全长 18 英里（约 29 公里），中途停靠两个小站，Levisham 和 Goathland。

这段古老的蒸汽火车与沿线的木造车站，曾经出现在许多英国电影和电视剧场景中，最为人所知的就是电影《哈利·波特与魔法石》在这里取了不少景。在 Goathland Station 取景的部分是 Hogsmeade、Prefect's Room、Wizard's Room，老实说，已经回想不出是其中的哪些片段画面了。火车沿线穿越荒原与一些遗世的小村落，这些地方似乎与现代社会脱节，难怪许多电影导演想到此地取景。

1831 年，乔治·史蒂文森计划开筑这条路线，经过五年的披荆斩棘，于 1836 年 5 月正式通车，一直营运到 1950 年代，后来运量大幅减少，终于在 1965 年宣告停驶。本地人对于这条铁道的停驶备感不舍，1968 年开始有人呼吁复驶，持续努力了

月台上的古老时钟

七年，募集到了足够的资金，1975 年终于再度让这条铁道营运载客。现在，这条火车路线以观光为主，仅在周末假日行驶。火车上不仅有一般的客车车厢，还有豪华的餐车与卧车；车站也提供可以住宿的 camping coach；除了观光价值之外，也针对学校与火车迷提供相关的环境教育课程，让民众有机会深入认识蒸汽火车与铁道沿线的历史。修复经费主要来自古迹乐透基金（Heritage Lottery Fund）。

Pickering 到 Grosmont

我们此行的起点是 Pickering，车站的建筑与气氛刻意回复到 1937 年的样貌，有许多装饰性的老旧旅行箱、行李手推车、打火用的红色水桶，还有好几位穿着制服的活化石“老站长”。算好了火车进站时间，赶紧上了天桥，想寻找一个最佳拍摄角度，不料，火车的蒸汽白烟一过，天桥上全部弥漫在一片雾茫茫之中，还好只是水蒸气，当时以为自己会给熏得一脸黑。从未见过英国人也这么一窝蜂地抢着拍照，在这里几乎人人手上一台相机或 DV，疯狂抢拍火车的各种角度。怀旧的老东西，果然还是最迷人。

为了满足铁道迷，铁路沿线也设立了许多精彩的观赏景点与摄影点。火车经过时，看到许多摄影迷和火车迷架着专业器材，就等着一天没几班的列车经过。这还是我这辈子第一次搭乘蒸汽火车，兴奋之情难掩，拿着相机到处拍。火车缓缓开动后，我们也没能安分地坐在自己的位子上，为了拍到火车车身行驶在荒原中的形影，打开了车厢里小小的气窗。还好 G2 相机的翻转荧幕在此时发挥了作用，让我可以不用将头手伸出窗外，也能勉强在每个弯道上拍到冒着白烟的列车。

我们坐在列车左侧，同行朋友们坐在右侧，两边互相监视列车接下来会往哪个方向转弯，接着相机就赶紧就位，抢拍这难得一见的画面。一整趟旅程下来，约一个多小时，还真是够辛苦，几乎没有时间安静地坐下来，同车厢的英国人一定觉得这群人太疯狂了。

停靠两个小站后，终于来到终点站 Grosmont，月台上等候列车的旅客热闹不已，多数是年纪一大把的老人家，或是带着小朋友的父母，或是遛狗的主人。这个车站仍保留 1960 年代 BR 国营铁道年代的样貌，也是 NYMR 各类机车头的维修机厂，车站附设的 tea room 与 shop，当然看起来也是年代久远，感觉自己身处几十年前的时空背景中。车站月台与一旁的道路交会，保留了旧式铁路平交道，每当火车进出车站，复古的平交道就得将栅栏 90 度水平旋转，而不是我们一般看见的上下

火车准备出发，平交道上的栅栏正在水平移动中

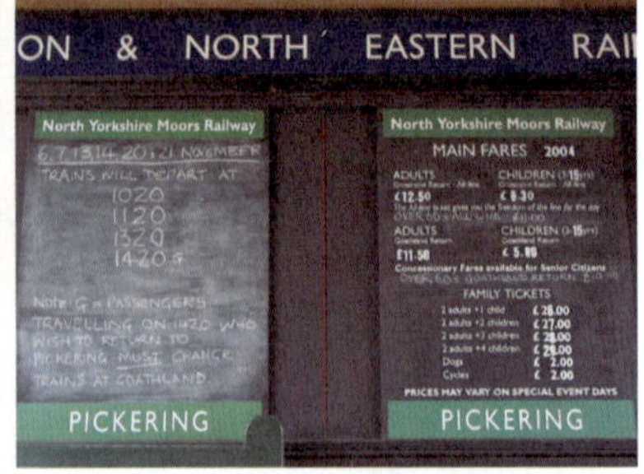

升降。列车进出站，游客们当然又是一阵抢拍。最后，载我们来的这列火车也准备离站，几乎所有乘客全上了车，只剩下我们几个仍拼命地按着快门。我们打算搭乘两个小时后的另一班列车，好在这个小镇小逛一会儿，或是来杯下午茶。

结果，英国居然真有这么一个小镇，没有任何一间营业的茶馆，除了一家很诡异的火车纪念品店之外，街道上就剩一间小杂货铺。一行人只得回到车站那间看起来很令人恼火的茶馆，干等下一班列车。难怪，刚刚所有人都上了同一班列车回去了。

回程的路上，光线已经没有早上的清新明亮，大伙儿还是不忘继续拍一拍一拍。车厢里巡逻的列车长，不断把门窗关上，我们又偷偷打开，来来回回好多次。都是为了取一张难忘的回忆，原谅我们吧！

看到机车头满载着一堆黑煤，司机用铲子，将黑煤一块块丢进红热的锅炉中，燃烧锅炉里的热水，以水蒸气带动引擎转动，拖动这么长一列火车。看见被煤炭搞得一身脏兮兮的司机，带着微笑，勤奋地工作，真让我有种莫名的感动。台湾也曾有许多蒸汽火车，如果能让它们再次行驶在小镇的铁支路上，相信也会引来大家复古怀旧的思绪。很期待有一天我也能在平溪、内湾、集集，甚至是各个糖厂线小火车，来一趟台湾的蒸汽火车怀旧之旅。

北约克荒原铁道 | www.northyorkshiremoorsrailway.com

小车站的纪念品店（左）起站 Pickering 的时刻与票价告示牌（右上）列车进入 Pickering（右下）

穿山越岭

西约克山谷铁道 SCR

复古列车仅在假日行驶

这趟火车之旅已酝酿多时，多亏住在利兹（Leeds）的朋友S推荐。和她在电子邮件里敲定时间后，就在端午节转天，我们从谢菲尔德搭上火车，与S在利兹碰头，一起展开这段北英格兰荒原的铁道之旅。老天很眷顾，给了个万里无云的好天气，一路上遇见的敞篷车都开了顶。

禁不起考验的英国火车

这是英国，因此从谢菲尔德开始，就得先经过火车公司的考验。当然，又一次完全禁不起考验。一分钟前，电子荧幕上还显示着8：21往利兹的维珍列车（Virgin Trains）准点，下一秒钟就听到广播里气定神闲地传来“……往利兹的维珍列车路线更改，不停靠利兹，直达约克……往利兹的旅客请改搭第四月台8：14的列车……”的声音。火车路线的更改，原来也是可以临时起意的……看看时钟，已经指在8：14，火速冲到第四月台，跳上已关门又开门让我们上去的两节通勤火车。维珍快车原本只需40分钟即可抵达，这列慢车要花1小时15分钟，很冤枉吧，这就是英国。

铁道两旁已呈现出夏季的一片鲜绿，一株株的毛地黄开始绷出各种鲜艳的花串来。观察着这条路线上下车的怪异英国人，长相奇特，衣着怪异，言行更怪，跟一般已经进化的都市人面孔很不一样，感觉自己来到了一个外星国度。

小站月台边候车的乘客

买张车票，可以沿路跳上跳下

小车站里的售票窗口

利兹车站进出月台都要查票，这时候S已经在售票窗口前帮我们排队。大排长龙的买票人潮，挤在只有三个售票口的拥挤空间；缓慢的处理，这也是英国火车站的特色，无止境的排队，轮到我们时，售票员搞不清楚何谓“Settle-Carlisle Day Ranger”车票，还从桌子底下拿出一本比空心砖还要厚的《车票百科全书》慢慢翻，找了许久，终于让他找到这个票种。其实，是我自己太坚持，很老实地想要买这种一日内可以在这条路线上多次上下车的车票，原来只要买当日来回票（Day Return）也是可以随意上下火车的。

等到车票印好，火车只剩下两分钟就要发车了，还是得排队经过检票口，冲到月台……真的来不及了……火车在不该准点的时候，异常的一分不差，关上门出发了！三个人望着火车驶离月台，懊恼不已，只好再等一小时后的下一班列车。

码头仓库

为了打发等车时间，S带我们来到火车站下方的诡异商场逛了一圈。位于铁道下方的码头仓库（Granary Wharf），一旁有运河（Canal Wharf）流经；昏黄灯光的空间，据说因为规划失当而没了之前的人气聚集。市政府规划单位原本想把这个很嬉皮风的仓库空间改成有品位的时尚雅痞，无奈大家不领情。经过整建后的仓库空间变得冷冷清清，仅剩几家看来高档却没人光顾的餐厅与家具家饰店。

我们沿着阴暗的仓库走，走过室内的一道铁桥，下方还有湍急水流通过，空间感非常错乱。最后来到户外停车场，停车场边缘就是运河，有几艘船停泊，四周环绕许多旧式工业建筑。有许多值得探索的城市角落，无奈没有时间多看，得走回火车站搭车了。

约克郡山谷国家公园（Yorkshire Dales National Park）著名的地标 Three Peaks

出发了

10：49 终于搭上两节小火车，其中一节还被团体保留，其他散客全挤在同一节车厢，开始了这趟穿越西约克的火车之旅。

利兹外围有许多值得一探的小城小镇，或是工业遗址，或是文学原乡，或是花园，或是茶馆，我们心里妄想着找个好机会——将它们游遍。离开市区后，铁道沿途的风景很英国、很田园；一路上火车站的造型都很类似，多半是维多利亚时期的建筑。原以为这趟旅程可以一派轻松地坐在火车上赏风景，结果，三个人还是成了拼命三郎，快门按不停……没办法，这宽阔视野的约克山谷，绿油油的原野里，有绵延的牧场，有茂密的林子，有错落的农家，有成群结党的牛羊，好一幅经典的英国乡间风景画。

英格兰铁道之最

这条 19 世纪兴建的西约克山谷铁道（SCR，Settle-Carlisle Railway），当初是中土铁道公司（Midland Railway Company）请求英国国会允许修筑的，以连接西约克的工业城和英格兰边境大城卡莱尔（Carlisle），而且方便火车路线由伦敦接着中土（Midlands），然后一路到苏格兰。1869—1976 年间，前后共花了七年时间，建造出这段 72 英里（约 116 公里）长的铁道。几千名工人沿着艰困的原始谷地地形，开筑出这段风光秀丽的铁道。当时维多利亚时期的工程技术已相当成熟，总共造出二十座高架桥与十四个隧道。

有人说，这段铁道是 England’s most scenic railway，即英格兰风景最美的铁道路线，此言不假。从 Settle 站开始，铁道海拔逐渐拉高，沿途的 Ribblesdale 山谷景致无限美好，铁道旁的小羊与白屁股的兔子，老是被经过的列车惊吓得狂奔。这儿是体验北英格兰原始风貌的好地方，唯一的一个村落就是 Horton in Ribblesdale，这里不仅是英国著名长程健行 Pennine Way 的必经之路，也有当地最著名的 Three Peaks Walk 路线，许多鲜艳劲装的健行者，一伙一伙行走在旷野中。健行，绝对是深刻体验英格兰荒原的最佳方式。

从 Horton in Ribblesdale 到 Ribblehead 这段，平均每 5 英里（约 8 公里）拉高 200 英尺（约 60 米），其中 Dent 站是英格兰海拔最高也是最荒凉的火车站，只是，别以为海拔最高有多高，整条路线最高海拔的 Ais Gill 是 1100 英尺，仅约 335 米。整条路线最著名的景点，就是拥有二十四个拱形桥墩的 Ribblehead Viaduct 铁道桥，位于 Three Peaks 附近。Ribblehead 火车站有关于这条铁道的历史展览，这一带也吸引最多游人停留。沿线火车站的建筑，几乎是原封保存，调性与风格非常一致，只是尺寸稍有不同。

全身煤渣的铁道员（左上）端着咖啡的列车长（右上）　勤奋的司机员（左下）复古车厢里的老乘客（右下）

蒸汽火车即将进站

一路上穿越好几个小车站与小村落，最后进入平缓的 Eden Valley，抵达终点站卡莱尔，全程 1 小时 40 分钟，适合当天来回的行程，如果时间紧迫，其中 Settle-Garsdale 这段是精华路段。终点卡莱尔是个有城墙围绕的城镇，过去是英格兰与苏格兰边境，离湖区不远，也是哈德良长城的西端起点；离火车站不远的旧城区，有博物馆、城堡、大教堂、商店街与维多利亚市场。这趟我们也没时间多逛，应该说，在英国久了，对于某些城堡教堂，稍微免疫了。

巧遇铁道迷

抵达卡莱尔时，月台上边守候着一群铁道迷与摄影同好，似乎正在等待什么。搞清楚状况之后，才知原来当天有两列特别的火车要进站。这个阵仗还真没见过，一人背好几部相机还有 DV 动态记录，而且多数是传统手动相机；其中有位约五岁的小男孩，也背着一部 350D，一脸认真地跟着他爸爸，与这一大群叔叔伯伯公公一起兴奋地等待着。

过没多久，一节漆得光亮的火车头冒着白烟进站了，大家一阵抢拍。试走了一趟又出站，接着拖拉二十几节的老旧车厢，“嘟——嘟——”又再一次进站。前方的火车头去调了头，又回到最后，准备来载客。铁道迷就在这几百米的月台上，来回奔波，煞是有趣的画面！可惜我没有 DV 可以把这有趣的动态画面记录下来，有年轻人，有老人，有学生，有小朋友，不过以男性居多，原来，全世界的人都爱老火车啊！原先计划在卡莱尔市区逛一会儿，结果在火车

背着 350D 相机的小小铁道迷

大批铁道迷守候

站拍火车拍到忘我，只能在车站附近浏览一下。

他们接着还要再等 3：15 进站的另一列蒸汽火车。这列火车看来更有来头，群聚的铁道迷比刚刚多好几倍。这时候不只是动态静态摄影，更有许多专业铁道迷，拿着笔记本抄抄写写，密密麻麻地记录着各种数据。我们打从心里佩服这样的铁道狂热者。

荒原健行

我们赶着 3：46 的火车回程，离开月台时，大批铁道迷仍在聚集，车站出动不少警力维持秩序。回程路上，累到不支睡着了，在 Appleby 被唤醒下车，因为这列车不停靠 Ribblehead，得在这里转车。二十五分钟的时间，让我们欣赏一番小站风情，在车站里买了样小纪念品。换车之后来到 Ribblehead，因为谷地风势强劲，即使强烈的阳光下，还是感受到冷冽的寒风。走往 Ribblehead Viaduct 铁道桥，杵在旷野中的二十四个造型优美的拱形桥墩，还真是壮阔的景观。走近巨大的桥墩下，与一群群绵羊追着跑，“咩、咩、咩”的叫声还会在拱桥下留下悦耳的回声。

沿线的荒原健行也是国家公园热门的休闲活动

沿线最知名的 Ribblehead 铁道拱桥

欣赏铁道拱桥，记得在 Ribblehead 下车

从利兹出发的这段铁道之旅，还会经过 Saltaire，一座被列为世界文化遗产的英国工业革命时期厂房，现已改为 1853 艺廊，专门收藏英国当代知名画家 David Hockney 的作品。也可以在 Keighley 转搭蒸汽火车到哈沃斯（Haworth）文学小镇，如果时间充裕，安排在某个小村庄落脚，像是有 River Eden 环绕的 Appleby，不仅有可爱的小车站，也是个迷人的北方小村落。然后来一段英格兰荒原健行，保证更能体会其中的自然旷野之美。火车沿线有许多规划完善的步道，可自行依照地图走，也可参加许多 Guided Walk 的团体，有专人领队健行。

这一带，绝不仅仅是趟单纯的火车之旅。

后记

在 Ribblehead 搭上直达谢菲尔德的列车，结果却在 Skipton 停靠了二十多分钟。看起来有点茫然的列车长在广播中说了一大堆话，讲火车只开到利兹，到谢菲尔德的乘客需在利兹换车，结果，大家全都下了车，月台上又显示“Sheffield”，大家又上了车……英国火车，是在玩整人游戏吗？

Chapter 04

文学 · Literature

荒原文学圣地 | 哈沃斯 Haworth

简爱小镇 | 海瑟塞治 Hathersage

TELEPHONE
哈沃斯
Haworth
海瑟塞治
Hathersage

荒原文学圣地 哈沃斯 Haworth

荒原中的文学原乡

这一带有勃朗特乡村之称

文学，对于英国而言，给予人们新的思考，新的生活理想，新的希望，新的契机，新的梦想，让人们从刻板乏味的生活中暂时跳脱，引领大家走向不一样的道路。英国从16世纪威廉·莎士比亚的文学剧目开始，出现了许多文学史上的大人物：19世纪初简·奥斯汀广为流传的六部文学经典，19世纪中勃朗特三姊妹的书写才华，狄更斯对于19世纪英国社会的深刻描绘，20世纪的伍尔芙，经典儿童文学作者波特，甚至到近代的托尔金和J.K.罗琳等等。他们不仅在英国社会中影响深远，更在世界各地发光发热。当然，精湛的文学创作不只有这些我们熟知的名字。

文学，绝对是阴郁典型的英国社会最具代表性的创作类型，也是认识英国的切入点之一。这里随意一个纯朴的小镇、一栋古老的民居，都可能与某个大文豪相关，或与某部脍炙人口的小说相关。因而，英国也自然而然发展出许多知性的文学之旅。

勃朗特牧师公馆

哈沃斯教区教堂的彩绘玻璃

春天不稳定的天气，让旅游充满不确定因素，一切都会随着它的脸色而有不一样的感受。尤其在英国，“晴时多云偶阵雨”都不足以形容一整天的天气变化，中间还会夹杂着狂风、骤雨、冰雹，或者雪花。

位在西约克郡的哈沃斯，是英国文学小说《简爱》与《呼啸山庄》作者勃朗特三姊妹（Brontë sisters）的故乡。从谢菲尔德到这里的一个多小时车程中，天气时云、时雨、时晴，车子穿越南约克与西约克，来到了荒原中的小镇，这天的气温低得令人发颤。哈沃斯在山坡之上，以一条陡峭的主街为发展轴线，所有的生活机能都发生在这条石板小路上。我们从主街的最低处开始，沿途步行而上，前往小镇最重要的景点“勃朗特牧师公馆”。

不畏风雨的解说员

穿过最高处的教区教堂，来到了后面的牧师公馆，这是勃朗特家族于1820—

哈沃斯小镇不大，却能吸引来自世界各地的游客

公馆建筑面对着教堂与墓园

1961 年间的住所，现在改成了博物馆。一位温文儒雅的英国绅士出来迎接，为我们做了约一小时的导览，认真又生动地解说着公馆周围环境与勃朗特家族在这里的故事。

我们站在公馆前的小块绿地上，面对着教堂与数量惊人的墓碑，听他讲述着勃朗特姊妹们华年早逝的凄美故事。忽然吹起了狂风、下起了骤雨，虽然在这样的风雨中撑伞也不见得有用，大家还是纷纷拿出了雨具。而这位解说员，顶着风雨，眉也不皱一下地继续他专业的导览工作。随后我们前往墓园，到了墓园情况更诡异，天空倒下了豆大的冰雹。我撑着伞的手已经冻到不能自已，他仍不屈服地继续说着故事。看着水珠不断沿着他耳缘滴下，敬业得让人佩服。

穿过墓园的步道之后，说也奇怪，天空一瞬间转成了蓝天白云，解说员依序在教堂周围的场景导览：大姊夏洛蒂和老公初相识的林间小径，姊妹们常去光顾的商店，还有一家他认为名字取得最棒的、叫“Jane Hair”的理发厅等等。最后，一行人又回到博物馆内参观静态展览，内部空间仍然维持着 1850 年代她们一家人居住时的摆设与家具，其中包含许多珍贵的手稿与信件，是追忆勃朗特三姊妹不

勃朗特家族之墓也在墓园当中

可错过的展览。

传奇的牧师家庭

这是个传奇的牧师家庭：父亲来自爱尔兰，母亲来自英国西南部的康瓦尔；生下六个小孩，其中两个小孩早夭，母亲与三个女儿也都在三十岁左右就因肺病过世。但是三姊妹却在极年轻的时期，就已留下多部脍炙人口的经典小说：夏洛蒂（Charlotte Brontë）的《简爱》，艾米莉（Emily Brontë）的《呼啸山庄》和安妮（Anne Brontë）的《艾格尼斯·格雷》等。在英国文坛，甚至世界文坛上，都绝少一个家庭中可以有这么多人创作出版的记录。

在英国国教的信仰中，对于墓地没有像东方人的风水之说，但试想，一栋房子面对着成千上万个墓穴与墓碑，从房子里的每个房间望出去都是墓园一角，再怎么说，也称不上是一栋吉屋。再加上西约克荒原中恶劣的气候变化，常常又阴又雨，也难怪才气纵横、文学与绘画皆通的母亲及姊妹们都那么年轻早逝。不过牧师本人及夏洛蒂的老公却活到了八十几岁。

小镇的主要街道非常生活化

灵性的小镇

喜欢这样的小镇，更喜欢这样的故事，却悲悯三姊妹的早逝。三姊妹展现在诗作、小说、绘画上的才能，在19世纪两性不平等的年代，是多么不可多得。夏洛蒂也借由文学创作，来表现女性角色的不可忽视，《简爱》故事中的女主角，充分反映出作者的居住环境与她本人的性格，描述一个生活在荒原中的小女孩，如何顽强地与命运抗争，与当时小说的女性角色有很大的不同。不过，在那个年代，这本小说还是必须用男性笔名才得以出版。

站在小镇的街道底端，可以看到对面山头立着一根用来发电的巨型白色风车，即可知这一带的风势是多么强劲。参观完博物馆，外头又是一阵狂风暴雨，一群群观光客都躲进了博物馆里的纪念品店，再过一会儿，又是蓝天白云。这样的天气实在苦了游客，却便宜了大街上的店家，大家为了躲雨取暖，纷纷被逼进了店里消费、喝茶。

这样一个迷你的僻静小镇，因为勃朗特家族的名气和故事，吸引了来自世界各地的文学朝圣者，尤其以日本人为最。日本人总是偏好探访作家的故乡与

故居，从商店及解说资讯均提供详尽的日文版本便可知。记得拜访湖区 Grasmere 的 Dove Cottage，英国浪漫诗人 William Wordsworth 的故居，也遇到为数不少的日本人特地前来追忆。英国，绝对是文学迷的朝圣地。

大街上的商店，几乎全是历史悠久的当地小店与茶馆，仍维持着老旧传统的经营方式与步调，甚至还有许多不接受信用卡的商店。我们很开心地挑了东西，发现身上现金不足，可爱的老板娘还带着我们到隔壁店家商借刷卡机。多么有人情味的小地方！没有千篇一律的连锁店在此出现，给人亲切温暖的寻宝乐趣。

就在非常规律的晴空与下雨交替的天气中，愉快地结束了一整天心灵丰富的旅程。回到 M1 高速公路时，天空出现了一道完整清晰的彩虹和另一道隐约的霓——文学朝圣之旅的浪漫句点。

小茶馆

历史悠久的药妆店

地方小店与居民

哈沃斯 | www.haworth.yorks.com

简爱小镇 海瑟塞治 Hathersage

步道上会经过的 Brontë Cottage 和远方的 North Lees Hall

山崖下仅在星期假日行驶的乡村巴士停靠站

海瑟塞治，山峰区希望山谷（Hope Valley）中的宁静小镇，是我们从谢菲尔德进入山峰区国家公园第一个经过的小镇，穿越奔宁山脉的东西干线火车只需二十分钟即可抵达，因此镇上不少居民每天往返谢菲尔德通勤工作。而这个传统小镇，也是英国文学名著《简爱》的创作灵感来源地，因为距离近又交通便利，亦是我们经常造访的地方。

小镇风情

小镇的主要大街即是进入国家公园的主要道路，交通十分繁忙，周围也开发了不少住宅。这里处处散发着闲适的英国小镇风情，老太太与街坊邻居聊天的画面，很像是电影和连续剧中的场景；砖造基座的大邮筒，每户人家雅致的花台，无人招呼的火车站，月台边的年轻男女，表情怪异的小狗，教堂前牧草地上的三匹马，一切都显得温馨可爱。镇上零星几家英式酒馆、茶馆、纪念品店，还有一家户外用品店、一家蔬果花店、一家加油站、一家房屋中介、一家邮局、一家银行，就没了，提供最简单的生活动能。而拜访小镇的外来客，不外是为了周围的健行步道而来。

工业革命时，这是个磨坊林立的小镇，留下了不少石磨。甜甜圈造型的石磨是山峰区国家公园的标志，山崖下方仍堆积着许多当年废弃的石磨。小镇中心有座新教堂，教堂管理人很友善，看我们三个外国人在教堂外拍照，特别出来招呼，还让我们进入尚未开门的教堂内部参观。

镇上通常是我们健行的必经路径，因为这里有条我最爱的健行步道。

绕过山坡上另一座历史悠久的教区教堂，穿过后方一片林子——林间树枝已经陆续冒芽，最后会来到一片私人牧场，经过好几道英国特有的“门”，考验着健行客的智慧。英国健行路径总是刻意让健行者自己发现“门”在哪里，这边试试，那边试试，然后就赌一赌自己的运气，反正条条大路通罗马，一定会通向某个地方。刚开始，没有太多经验的我们，总是觉得“那会不会是私人的领域，该不该开门进去呢？”一路走下来，还真的会遇到不少十字路口。面对着各种稀奇古怪的大门小门木门铁门，让人伤透脑筋，却也乐趣无穷。

爬上山丘顶端，可以饱览小镇风光的全貌，这里安静到连谷地中“奔宁山支线”经过的火车声，都可以清楚听到。山坡上有四匹马儿正在吃草，同行的朋友拿出饼干诱食，吓得刚好路过的主人站在远处大喊“离那匹马远一点”，我们这才发现，那是一匹怀有身孕的母马，主人担心它性情暴躁！

攀岩圣地

翻过这座小丘陵，映入眼帘的即是壮观的Stanage Edge，英国享有盛名的攀岩者天堂。在远处，可见到几乎垂直的峭壁上，爬满了身着鲜艳劲装的攀岩者。如此天成的攀岩圣地，一定羡煞只能在室内人工岩场过干瘾的攀岩同好吧。峭壁下方不远处的公路旁，停了很多车子，有来攀岩的，有来健行的，有来玩飞行伞的，甚至有来平坦的峭壁上方慢跑的。居高临下地站在峭壁顶端，视野无限的绝景，居然这么轻易就能抵达——甚至在假日还有一班乡村小巴士会开到这附近。

视野开阔的 Stanage Edge 崖顶

黑白郎君

回程选择了另一条步道，会经过 North Lees Hall，《简爱》中 Thornfield 的原型，现已改为度假小屋。小径穿越一处牧草地，羊群中混着很多刚出生的小羊。第一次这么接近小羊，全黑的、全白的、脸黑的、四肢黑的、尾巴黑的，各种奇妙的搭配组合，全都让我们仔细端详。还目睹了一只小羊的生产过程：刚刚落地的小羊，身上沾黏着血淋淋的胎衣，摇摇摆摆地站不稳，很努力地想找母奶；母羊则不顾刚刚生产完的痛，试图舔净小羊身上的黏稠物。这样的画面，在春天的山峰区里随处可见。

每当我们靠近小羊，在一旁的羊爸爸或羊妈妈，马上发出警告声。朋友又拿出饼干诱食，这些初生之“羊”不知天高地厚，马上东摇西晃地跳过来，羊妈妈马上又发出警讯，非常逗趣的场景。最有意思的是，很多小羊身上被喷了识别号码！你可以轻易发现，20 号的母羊旁边就是两只 20 号的小羊，22 号羊妈妈也带着两只 22 号的小羊，它们绝不会跟错妈妈，很神奇吧！

走完一大圈，又回到村子，时间已是下午六点多，太阳仍高高挂。春天之后，又可以开始享受北国夏季的长日照了。此刻，小镇的商店早已打烊，刚好赶上回程公车。山峰区的景观乍看类似，当你深入走访每个角落，却又能发现各种不同的惊奇与趣味。

Stanage Edge 是英国知名的攀岩场（左）
开阔的荒原上是玩飞行伞的好场所（右）

又一次来到简爱小镇

又一趟，伦敦朋友敌不过山峰区的美景诱惑，在气候越来越恶劣的11月底，仍然勇敢地决定北上挑战，顶着强烈的北风与预报可能降雪的天气，远道前来拜访山峰区。他们落脚在海瑟塞治小镇的B&B，我们也就近把健行路线的起点安排在这里。这条路线虽走了多回，不同季节不同天气，总带给我们不同的体验。

我们从谢菲尔德火车站搭上两节小火车，往曼彻斯特方向出发。这么冷的天气，还是有不少英国人成群结队准备健行。是啊，只要防风防雨保暖做得好，再冷也是可以出门透透气的。二十分钟后，我们已经出现在小镇上。

教区教堂

朋友一行人已在小镇邮局前等着我们。此刻，一早刚出现的阳光又被乌云给罩住，我们硬着头皮往远处的Stanage Edge出发。首先穿过了教区教堂（St. Michael's Parish Church）的步道，天冷吧，步道、教堂与墓园显得比往常宁静。当时我正在大学修习英国教堂建筑的课程，多了一些心得与想要验证的欲望，自己一人在教堂里里外外逗留很久。还好这是一帮爱拍照的人，大家各自在教堂周边找寻自己喜爱的角度。

相传公元7世纪，有位凯尔特传教士将基督教带到这个小镇来；1125年，教堂原址已有教堂存在；现在所看到的建筑则是建于1381年，建筑样式属于哥特时期的装饰式（Decorated）。从教堂的建筑细部观察，有哥特式的尖拱、垂直式的洗礼盘，有装饰式的窗，垂直式的窗，有又装饰又垂直的塔楼与尖顶，外墙上漏水孔

春天牧草地上的小羊

主人为了好辨识，在母羊与小羊身上喷了相同的号码

国家公园保护荒地的围篱与告示牌

的人头雕像和教堂里 Lady Chapel 墙上的原始雕刻，也都精雕细琢。而最让我印象深刻的，则是教堂里椅子上的坐垫或跪垫，全都是色彩鲜艳的精致手工十字绣，上头绣着各种宗教元素的图腾。教堂里则刻有中世纪当地贵族的姓氏 Eyre，也就是《简·爱》中女主角的姓氏由来。

在山丘上的小教堂可以俯视小镇。教堂周围被新旧墓园所围绕，其中最有名的就是小约翰之墓（Little John's Grave），墓的前后种植着两棵紫杉。穿凿附会的侠盗罗宾汉故事在英国赫赫有名，不仅诺丁汉（Nottingham）附近的雪伍德森林（Sherwood Forest）非常知名，连身旁的跟班小约翰之墓都这么备受瞩目，小镇里还有一家名为“The Little John”的酒馆。

小镇除了小约翰的传说之外，最为人所知的就是夏洛蒂·勃朗特的小说《简·爱》。无论是教堂里、酒吧里、茶馆里、纪念品店里、各种简介里、旅游手册里，到处可见与作者或小说相关的元素。1845 年，住在北方小镇哈沃斯的夏洛蒂，来此拜访她的朋友 Ellen Nussey，也是当时教区牧师的姊妹，这趟旅程成了这部小说的灵感与场景来源。她用当地望族的名号 Eyre Family，做了她小说女主角的姓氏，小镇里 George Hotel 老板的名字 Morton 则成了小说中的村庄名称，不远处的 North Lees Hall 在小说里被称作“Thornfield”，甚至附近有两栋民宅，一个取名为“Brontë Cottage”，一个取名为“Moorseats Hall”，都是跟小说有关的名字。

放弃？前进？

继续往教堂东北方的步道走去，天气越来越不妙，踩着泥泞深陷的烂泥巴与枯枝烂叶，心里想着要不要回头啊？旷野中完全没有遮风避雨之处，如果半路下大雨可就糟了。通过树林前，先穿越一道莫名其妙的“门”，像是很慎重的要进入什么殿堂般，其实，也就是一道装饰性的门。这片树林春夏秋冬四季皆美，每次都让我在此耗了不少时间观察。

这时候，雨滴越来越大，我回头的意念也越来越强，真想回到小镇上温暖的酒吧躲雨，但伦敦来的朋友说什么也不肯放弃，老 P 先生也很坚持，大伙儿全帮摄影背包加上防雨套，在 0℃的风雨中继续前进。

春夏秋冬各有不同颜色，此为冬季难得的雪景

很“简爱”的人家

沿着步道从树林里钻出来后，又推开一道木门，眼前出现一户人家。宅院位在路左边山腰上，而路右边是一大片牧草地，也是这户人家三只马与一只羊的活动区域，而这三马一羊是没有经济用途的宠物！三匹设得兰迷你马（Shetland Pony）、一只脸黑到不行的黑面羊、一栋大到不行的乡村宅院、一间鸽舍与一辆保时捷四轮传动车，这户人家很慷慨地让健行者走过家门前的牧场，动物们每次也都很合作地出来走秀，今天连车子都开出来亮相一番。这户宅院有个很“简爱”的名称：Moorseats Hall。

健行者沿着牧场门前的小径来到一扇电动门——屋主有遥控锁可以控制，我们则要自己按下开关。通过后，门外还有另一个开关，“请把门关上”这件事，是在英国健行的礼貌之一。记得随时把门关上，因为这些门不只是健行的乐趣之一，也是为了防止开放牧场中羊群走失而设计。

小镇山顶上的圣麦可教区教堂

德朵夫人吗?

农场的草坡上，雨滴仍无情地打着，所有人都已收起摄影器材，默默地走着。草丛中不时传来红松鸡的叫声，像是嘲弄着我们：这种天气还在走路啊！连不怕风不怕雨的羊群都聪明地躲到背风处的围墙边，一字排开。终于来到 Hook's Car，Stanage Edge 崖边下方的停车场，这时，突然出现一位陌生的东方女孩，她竟是看了老 P 贴在网络上的健行公告而来，真是勇气可嘉精神可佩！原来她也是谢菲尔德大学毕业的台湾同学，搬到邻近的城市工作，对于山峰区有股难以忘怀的情感，也想加入谢菲尔德帮的健行与摄影行列，于是就这样大胆地独自出现在 0℃的荒郊野外。

硬着头皮，一群人爬上 Stanage Edge 崖上，这样的风与这样的温度，绝非一个“冷”字可以形容。地面上的小水滩都冻成了薄冰，沿路一直玩着踩冰块的游戏，还好雨势渐缓，太阳正奋力地拨开云层，偶尔给我们来点光，大家抢着空当按快门。这环境实在无法久待，赶紧学着羊群躲回崖边下的避风处，草草结束午餐，实在冷—冷—冷。大伙儿决定在四点天黑前赶回小镇，这种气候摸黑下山可就不妙了。

下山后来到一家叫 Scotsman's Pack 的酒吧，山峰区里多的是这样的山中餐馆，每一家都有自己傲人的历史可述。温馨的氛围与温暖舒适的火炉，让我们赶紧卸下装备来点热食，结束了这风雨天中 0℃的健行。

Chapter 05

设计 · Design

有机中的几何 | 大卫梅勒设计博物馆 David Mellor Design Museum

从工业到艺术 | 米德尔斯堡当代艺术馆 MIMA

威尔士的小意大利 | 波特梅里恩 Portmeirion

大卫梅勒设计博物馆
David Mellor Design Museum

米德尔斯堡当代艺术馆
MIMA

波特梅里恩
Portmeirion

简约的博物馆内部空间
靠窗是咖啡座，左侧是展示墙

有机中的几何

大卫梅勒设计博物馆 David Mellor Design Museum

1957 年设计的公共垃圾桶（左上）
1975 年设计的人行道护栏（右上）
博物馆旁的餐具商店（左下）
餐具设计商店与博物馆相连通的内部空间（右下）

小小的园区里满是绿意，隐藏在极不显眼的树林中，没有明显的指示，开车很容易一不小心就错过。我们按照地图，绕了两次才找到，一走进来才知别有洞天。非常惊讶在这个以大自然为主的国家公园里，隐藏了这么一处小巧精致的现代设计博物馆，馆藏主题正是谢菲尔德出生的英国当代设计名师大卫·梅勒的作品。

大卫·梅勒（David Mellor，1930—　）是 20 世纪英国知名的当代设计师之一，1953 年就读 Royal College of Art 时就展现出精湛的设计才华，一组名为“Pride”的餐具，从学生时代开始生产贩售至今。1963 年受英国政府委托，设计了一组手工制的银茶壶，供世界各地的英国大使馆使用。1966 年，为英国邮局设计了一款引起极大争议的方形邮筒——因为传统的邮筒皆是圆形。而我们现今最常见的设计，是 1966 年所设计的“国家交通信号灯系统”，这款驾驶人、行人每天都得使用的信号灯设计，也是出自大卫·梅勒之手，至今仍然通用全英国。

英国至今仍通用的信号灯，也在博物馆里展示（左）
工厂旁的树林间，也有信号灯展示（右）

规模不大的博物馆里，展示了大卫·梅勒完整的设计作品，也包含他儿子 Corin Mellor 的作品。内容从极精致的手工银器、餐具到交通信号灯、街灯、邮筒、垃圾桶等“城市家具”都有，尤其是他最知名的餐具设计系列。从 1950 年代至今，他设计出一套又一套高级精致的刀叉组，因此常被称为“餐具之王”。简约优雅的展览空间里，以木材和玻璃为主，没有博物馆的生硬展示，很巧妙地安置了几座交通信号灯在空间的正中央，成了最突出的装点，与一旁的咖啡馆合成一气，让访客在轻松的气氛中欣赏这些经典设计。

浏览完宽敞、明亮、舒适的博物馆兼咖啡馆，跨过一道门，就是以贩售餐具等厨房用品为主的商店。里头展售的不光是大卫·梅勒的作品，也包含许多当代设计名品，即便不买，逛逛这类商店，也是一种极大的享受。大卫·梅勒的设计准则很简单，他坚持“设计良好的生活用品可以改善生活品质”的哲学，设计出一套套经典的刀叉餐具组。

博物馆对面的圆形建筑 The Round Building 是一座小型工厂，建筑圆顶以类似脚踏车车轮的钢铁结构支撑。工厂在周间开放给访客参观，可以看见师傅们制作高品质手工餐具的过程。

当初吸引我们认识这处博物馆的就是这栋圆形建筑，由英国建筑师 Sir Michael

Round Building 是餐具工厂所在，也是精彩的建筑案例（上）

工厂里的师傅精心研磨手工餐具（下）

圆形工厂屋顶像是脚踏车钢圈的结构

Hopkins 设计，是非常著名的小型建筑设计案例。建筑师以当地产的石材为建筑材料，加上特别的铅板屋顶，简单朴实的圆形外观，也反映了大卫·梅勒的简约风格。里面则是高度功能性的工业厂房，巧妙地设置在山峰区的乡间。光是建筑物本身，就获得了许多建筑设计奖项与环境友善的绿色建筑奖项。建筑外的林中，也刻意摆放了几座信号灯，是户外展览的一部分。

大卫·梅勒是谢菲尔德出生的本地人，原本想成为一名银器匠；在跨足餐具设计之后，因为高品质的设计与手工广获好评，作品已被许多当代设计博物馆收藏，伦敦的 V&A 博物馆与纽约的 MoMA 等地都有他的作品。钢都谢菲尔德在过去的工业历史中，也以刀叉设计闻名，现在仍有许多标榜着 Made in Sheffield 的产品；而大卫·梅勒则更成功地将谢菲尔德传统手工技艺转型成为现代风格的设计，继续让谢菲尔德的刀叉餐具（Cutlery）扬名世界。值得称赞的是，设计师很有心地将博物馆回馈给自己的家乡，将其建在离谢菲尔德仅 10 英里的海瑟塞治（Hathersage），并与工作团队在此继续设计生产各种高品质的刀具与餐具。

在伦敦切尔西（Chelsea）精品林立的 Sloane Square 上，也有一家大卫·梅勒设计专卖店。与山峰区的乡间专卖店一样，除了展售他的设计商品，也包含着许多设计精品。拜访山峰区，除了健行之外，别忘了来体验这座设计博物馆。

大卫梅勒设计博物馆 | www.davidmellordesign.com

各式专业的切割工具

工厂里的半成品

从工业到艺术

米德尔斯堡当代艺术馆 MIMA

MIMA 室内最顶层的视野

位于英格兰东北部的米德尔斯堡（Middlesbrough）一直是个工业城市，一个从来不曾与艺术、设计，甚至观光联系在一起的地名。2007 年 1 月底，市中心广场上出现了一栋全新的现代建筑，米德尔斯堡当代艺术馆（The Middlesbrough Institute of Modern Art，简称 MIMA）全新开幕，企图扭转大家对于米德尔斯堡的印象。

米德尔斯堡几乎没有任何让人印象深刻的建筑或地标，能称得上城市地标的，大概就是 1911 年所建的 Transporter Bridge，260 米长，69 米高，是用来跨越 River Tees 的交通建设，连通北岸的 Port Clarence 与南岸的米德尔斯堡市中心，是英国仅存的两座此类桥梁之一。这座桥曾出现在英国电影《舞动人生》的画面中，舞蹈老师开车载着比利过桥，车子直接开上挂在桥梁下方的铁篮子，悬吊着过河。这个过程耗时一分半钟，可以搭载二百人或九部车。这座桥已经列入二级古迹保存，是英国仅存的重要工业遗址。

米德尔斯堡现任市长上任后，想要将后工业时期的破旧城市转型为所谓的设计之城（Designer Label Town），让原本几乎没有外来观光客，甚至与污染及犯罪挂钩的城市彻底换血，这个项目可视为一连串城市革新的开端。

受托的建筑师一开始即对市长说："所谓的都市更新，不仅仅是把街道打扫干净，立一些新路灯、新雕塑就可以，而是必须进一步思考，该如何让这个城市充满活力。因此一座当代艺术馆是都市计划中相当重要的元素，而这栋艺术馆建筑则可以视为都市中心广场中的大型雕塑。"此话亦值得我们的都市建设参考。我们的城市规划者，总是以为立了几盏造型特殊的路灯，换了几个统一的招牌，或是盖出一间"蚊子馆"，消耗庞大的预算，就算是他们洋洋得意的都市更新成绩了。

MIMA 的缩写发音是日文"美丽的地方"之意，也为了可与纽约的 MoMA 沾光，更期待能仿效西班牙毕尔巴鄂效应的古根海姆博物馆，借由建筑与艺术展览，提升当地的文化水准，也提高城市知名度，进而吸引游客前来。

当地的工艺中心 Cleveland Crafts Centre 是成就 MIMA 的重要艺术组织，在 2003 年办完最后一次展览后，转变成 MIMA 的筹备组织。加上 1999 年暂停运作的 Cleveland Gallery 的协助，构成了 MIMA 的两大组织单位。

2004 年委由荷兰建筑团队 Erick van Egeraat Associated 设计，计划完成一座包含艺廊、教育空间、视听中心、咖啡馆、屋顶平台、办公室的新颖当代建筑。MIMA

一楼的咖啡馆、二楼的办公室、三楼的儿童游戏室皆一目了然（右上）MIMA 与周围广场的关系（右下）

入口玻璃上的展览资讯

这几盏拥有强烈垂直线条的吊灯是大厅的视觉焦点

在兴建过程中就已开始运作，租借场地举办了多次展览。原本预计 2006 年建筑落成开幕，延宕至 2007 年。建筑预算总计耗费 2000 万英镑（约 3 亿元人民币）。

MIMA 整体建筑外观看起来就像是玻璃盒子被一片石灰岩墙壁贯穿，是视觉与空间中的焦点，也界定了秩序感与方向感。挑空的大厅则仿佛是室内广场，访客的行动路线沿着斜坡与阶梯，由地面层连贯至顶层；空间中可互相穿透眺望，立面与平面相互交错，走来格外新奇有趣。金属、玻璃、钢索、石材等材料交叉运用，正立面是全透明的落地玻璃，背立面则运用了许多波浪状铝板材料。

建筑内部设计与家具也大量采用设计师名品，咖啡馆的家具由荷兰设计师 Gijs Bakke 设计，餐具则由日本设计师 Takashi Yasuda 操刀。整体空间营造的感觉很简约、现代，也独具质感。

MIMA 的展览内容主要为当代艺术、精致艺术、应用艺术、陶瓷等，面积

当时正在展出的包豪斯摄影作品

约4000平方米的不固定展场，可以随着每次展览而随机变化。开馆时的第一档展览名为Draw，都是来自毕加索、马蒂斯、奥菲利、杜尚、培根、Chantal Joffe、Damien Hirst等大名鼎鼎的人物的作品，也从泰特美术馆、大英博物馆、柏林国家博物馆、苏格兰国家艺术馆等借展部分作品，打出非常漂亮的开幕展。

约在开幕后的一年，因为一档包豪斯建筑特展，我们决定前往拜访。开车进入米德尔斯堡时，的确很难想象出，这个城市里会有一座什么样杰出的艺术馆。萧条的街道上，满是西班牙加泰隆尼亚颜色的出租车，黑与黄的出租车色还是首次在英国看见。我们在停车场停好车之后，问路时路人都不太清楚MIMA是指什么。

靠着不太清楚的指引，终于来到了MIMA所在的大广场，周围几栋公共建筑、

1993 年完成的“瓶中信”（上）被建筑师捡回来的公共艺术，放置在 MIMA 前的广场，与新建筑相得益彰（下）

挑高的大厅

大学与商店。在接近0℃的冬日上午，广场上更显冷清。艺术馆前的白色瓶子公共艺术，是整个广场上的视觉焦点。这只大瓶子名为“瓶中信”（*Bottle of Notes*），是1993年由擅长打造巨型雕塑的美国籍瑞典裔雕塑家Claes Oldenburg与Coosje Van Bruggen在英国创作的少数作品之一，当时是为了纪念当地出生的库克船长而立。只是作品设立之后，却被当地部门推来推去，甚至沦为遗弃在停车场、公共建筑与垃圾场之间的公共艺术孤儿。还好荷兰籍的建筑师一来，马上将这个雕塑重新上漆并摆放在MIMA前最显眼的位置，仿佛本来就是为这里而设计，不管是近看或远观，都是与建筑相互辉映的好作品。

我们在MIMA交错的展览空间中以缓慢写意的步调，重新观赏包豪斯建筑特展。几个月前我们才刚刚到德国走访了包豪斯的精彩建筑，因此这个展览对我们而言有点总览回顾的味道。尽管展板上尽是熟悉的场景与影像，还是让我们兴奋不已。

我不敢说MIMA的建筑与展览有多么精彩，多么的must see，也不敢说它是不是就可以扭转米德尔斯堡的形象，或是能提升当地民众的艺术水准，这一切都需要时间来解答。提升生活品质从注重艺术开始，至少它是个非常好的开端。

MIMA | www.visitmima.com

威尔士的小意大利

波特梅里恩
Portmeirion

穿越桥屋的下方，马上就进入村庄的中心区

波特梅里恩，北威尔士一个奇特的滨海小村落，拜访此地非得先了解它的来龙去脉，才能学会如何欣赏这个奇妙的人造小村。它常出现在英国风土民情或建筑节目中，还创造出了一个以 Portmeirion 为名的知名瓷器品牌。

那年夏天，我们开着车游历北威，经过了爱德华一世的防卫城堡，经过了壮丽的雪墩国家公园（Snowdonia National Park），而这座色彩缤纷的意式小村庄，当然也在走访清单中。

建筑师的奇想世界，有各种造型与色彩的建筑元素同时存在

名为 Battery 的房屋，也是旅馆之一（左上）
建筑师委托女儿苏珊制作的羊招牌，作为威尔士羊毛专卖店的店招（左下）

村庄里有许多房屋写着私人住宅，其实就是旅馆房间

建筑师的梦想

波特梅里恩所在的海岸 Traeth Bach，早在 1188 年就有港口名称的记载，原名叫 Aber lâ。创办人克劳夫·威廉·艾利斯（Clough Williams-Ellis，1883—1978）于 1925 年以当时 5000 英镑的价格购得这块海岸边的土地，并正式将其改名为 Portmeirion，开始实践他的建筑梦想。

1926 年，英国的建筑师杂志还曾刊登过该村庄的设计图与模型，设计蓝图早在威廉·艾利斯购得土地之前已经成型。村庄的建造过程前后分成两个阶段，历经四十几年，可以说，建筑师一生的心力都奉献给了它。第一阶段是 1925—1939 年，从基地的整体规划开始，然后陆续完成主要的地标建筑；第二阶段则是 1954—1976 年，为村庄里加入了许多细部设计，增加更多古典与帕拉迪奥元素，与早期的艺术与工艺运动风格（Arts and Crafts Movement）呈现出鲜明对比。整体而言，建筑师的设计灵感来自意大利热那亚知名的美丽渔村 Portofino，再加上自己天马行空的创意手法，建造出了这个完全迥异于威尔士当地色彩的意式风格小村落。

建筑师认为波特梅里恩带给了他快乐，他也希望这个梦幻般的小村能带给世人快乐。威廉·艾利斯的座右铭是“珍视过去，装点现在，建构未来。”（Cherish the Past，Adorn the Present，Construct for the Future.）他的一生充满朝气与创造力，享年 96 岁，而他一直到 93 岁仍在为这个村庄做设计。

威廉·艾利斯曾在剑桥圣三一学院与伦敦 AA 建筑学院受过教育，从事建筑与景观设计，一生当中最知名的作品，就是在雪墩国家公园山脚下的港湾上，建造了他自己的梦幻半岛，实现自己的理想。美国建筑大师赖特也曾在 1956 年拜访此地。

他也终其一生为保存威尔士甚至英格兰的乡间风貌努力，是英格兰与威尔士许多国家公园的催生者。雪墩国家公园的界线甚至是依他的建议而划出来的，1951 年他也曾为来访的乔治国王与皇后介绍刚成立的雪墩国家公园。他的设计项目来自威尔士、英格兰、爱尔兰，甚至上海，虽然许多建筑评论家对他的设计颇不以为然，因为那是个往现代主义前进的年代，而威廉·艾利斯却在走回头路。

海岸边的彩色村落

依着不太明显的标示，我们从公路上转进了蜿蜒的林中小径，几乎只有一部车的宽度；高大树林中的停车场，在炎夏时备感舒畅。威廉·艾利斯在 93 岁高龄时为村庄作的最后一个设计，就是访客进入村庄的购票亭；我们买了门票后，开始探访这个半世纪前的梦幻村庄。这里每年有二十四万游客到访，村子里的每一栋建筑

村落里的市政厅

帕拉迪奥式的 Unicorn 建筑

海豚喷泉是村庄里的员工送给建筑师 80 岁的生日礼物

二级古迹的 Lady's Lodge，现作为商店之用

意式风格拱门

巧遇正在村庄里举办婚礼的新人

物，如果没有特殊用途，比如商店或展览之用，全都是self-catering式的度假小屋，为游客提供住宿之用。

村子里尽是彩色外墙与造型独特的建筑，拱门、希腊柱列、古典柱廊、广场、神殿、教堂、钟塔、园艺、树形、围篱，巴洛克风格建筑、壁画、水池、喷泉、佛祖雕塑、意式圆顶、15世纪法式风格雕塑、各种造型景观凉亭……几乎所有不可能同时存在的元素，都在建筑师的安排之下出现了。每个细节都经过精心的设计，组成了这个带有意大利风格的小村。加上1850年就存在的小港口、观测塔、灯塔、旅馆等被指定保存的历史建筑，是个样貌丰富有趣的地方。村子的周围，被自然的森林绿地围绕，这一带的海域有温暖的湾流经过，因此气候温和，植物生长茂密，后山里有非常丰富的植物群。

波特梅里恩瓷器

波特梅里恩在英国，不仅是个观光度假村落，更知名的应该是以它为名所创立的瓷器品牌Portmeirion Pottery，在英国的百货公司与瓷器名店里，常可见到。不知什么缘故，韩国人特别钟爱此品牌，就像台湾人到访英国指定要买韦奇伍德（Wedgwood）一样，许多韩国人到英国，指名要买的就是这个。拜访韩国家庭时，每个朋友总是端出一套又一套的Portmeirion，尤其是花花草草的Botanic Garden系列最为经典。但是，跟其他英国的瓷器大厂一样，现在已有半数以上的产品委外生

瓷器名品Portmeirion，在村庄里有专卖店也有折扣店

产，要买到纯正英国烧制的，还得小心选购。

Portmeirion Pottery 是威廉·艾利斯的女儿苏珊（Susan Williams-Ellis，1918—2007）和夫婿 Euan Cooper-Willis 于 1960 年代所创造的年轻品牌。苏珊在伦敦师事于英国雕塑大师亨利·摩尔和画家 Graham Sutherland。夫妻两人于 1961 年买下了一间工厂，开始创作经营自己的品牌；1972 年成功推出了 Botanic Garden 系列，成为该品牌至今仍畅销的经典款式。Botanic Garden 采用维多利亚风格的花草与蔬果图案，烧制出品质精湛的英国陶瓷，成功地在市场上打响知名度，现在已是世界知名的品牌之一。

Portmeirion Pottery 的工厂仍旧设置在英格兰瓷器重镇 Stock-on-Trent，当然村子里也设有多家商店贩售该品牌的产品，甚至还有英国瓷器最流行的行销方式 Factory Shop。比市价多一点折扣，买到的则是其实也看不出瑕疵的瑕疵品，的确蛮吸引人的。

走一趟波特梅里恩，终于满足了我对它一直以来的想象，也多少能了解到为什么这个地方备受争议。没有好或不好，要看用什么角度来看待。以现在的眼光来看，村子就像是个过时的电影场景，一个古典建筑的复制场所；而半个世纪前，这里却是威廉·艾利斯用尽一生心力打造出来的梦，至少我很喜欢村子周围的山海景色。

波特梅里恩｜ www.portmeirion-village.com

Chapter 06

艺术・Art

没有围墙的艺廊 | 约克郡雕塑公园 YSP

纺织厂也有春天 | 索尔泰尔 Saltaire

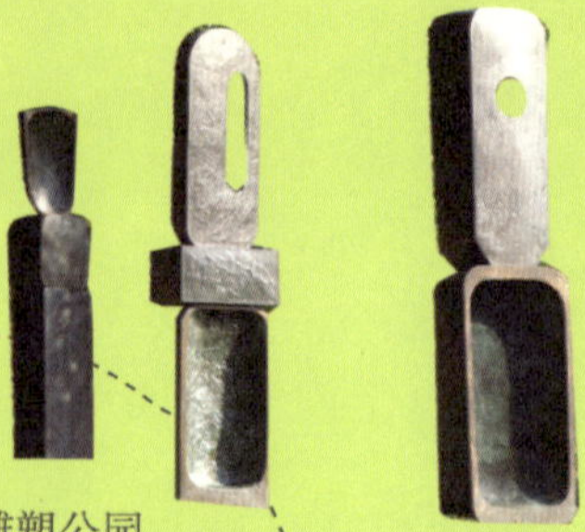

约克郡雕塑公园
YSP

索尔泰尔
Saltaire

亨利摩尔的雕塑作品与大自然合而为一

没有围墙的艺廊

约克郡雕塑公园 YSP

可以进入的雕塑品，就像走迷宫一般

关于 YSP

距离谢菲尔德不到一小时车程的约克郡雕塑公园（Yorkshire Sculpture Park，简称 YSP），就在 M1 高速公路交流道附近，是一座没有围墙的户外景观艺廊。这里的艺术品不需要温湿度控制，也不需要馆员们盯梢，背景就是荒原一片的大自然与林地。不同季节造访，会有完全不同的景观和感动，因为这里不仅有雕塑艺术品的周期更新，更有四季自然的烘托。

位于英格兰西约克郡韦克菲尔德（Wakefield）的约克郡雕塑公园成立于 1977 年，经过超过三十年的戮力经营，成功地建立了户外雕塑公园的品牌形象。占地宽广的园区，足以消磨一整天时间。雕塑作品的艺术鉴赏、大自然中的冥想沉思、艺术品或自然世界的写生、摄影习作、漫步健行、野餐或亲子同乐，这块园地都是绝佳的地点。而且，如此环境优美且艺术气息浓厚之地，入园免费。

YSP 起源于 18 世纪的庄园，过去是自然景观与人造元素交错的贵族休憩场所，看似自然天成的山丘与河谷，其实是当初经过人为整建的结果。庄园地权在 1940 年代随着经营者的没落而遭分割。后来在 YSP 经营团队三十多年的努力之下，逐一将零碎分割的地权购回，他们一方面进行园区整体规划，另一方面也为游客提供一个开放且连续的户外空间。

名为雕塑公园的 YSP，园区里除了新增建的艺廊空间与户外庭园景观，特别之处还在于幅员辽阔的荒野与湖泊之间，散布着品质惊人的大型雕塑与艺术品，每天随着自然界的时间与光线、气候与季节更迭，呈现出不同的韵味，让访客每次都有截然不同的新鲜感受。

室内艺廊在广大的园区里仅占小小区块，YSP 是个以户外展览为主的场所，在庞大的土地与建筑维护之外，还牵涉到与当地农场主人、森林管理者和园丁之间的沟通协调。当然，还有与艺术家之间的微妙关系，像是作品的设计概念与陈列方式，以及后续的维护与保养问题，绝非想象中的单纯。

YSP 在 1993 年成立了“约克郡雕塑公园之友”(Friends of Yorkshire Sculpture Park)，这个组织负责与潜在的艺术爱好者联系，也负责筹措营运基金与园区的整体运作，例如义工招募、募款活动、寻找赞助商、活动规划、儿童艺术教育、艺术专题演讲、联谊活动、意见征询与回复、艺术品认捐等等。完善且频繁的活动，让 YSP 除了最基本的艺术展览，也兼具艺术教育与社区营造的功能，当然，也得肩负园区的营运盈亏。

Anthony Caro 的作品，也是伦敦 RA 2008 Summer Exhibition 的户外雕塑品

与周围环境融合的游客中心建筑

游客中心二楼的咖啡馆

半覆土建筑的地下艺廊

游客中心

从停车场到游客中心之间，有一条非常明显且特别的走道，由一片片铸铁板铺设而成，上头镂空地刻写着艺术赞助者的姓名。铸铁最后还留有一段空间，准备吸引更多的艺术赞助者。

走过艺术赞助走道，首先进入的空间就是建筑师 Feilden Clegg Bradley 为 YSP 设计的游客中心。采取不破坏周遭自然地景的低调设计原则，两层楼高的长条形配置，将其定义在一个不浮夸的“走廊式”建筑与一个“过渡性”的空间上，将游客直接引导至后方更精彩的地下艺廊（Underground Gallery）、花园艺廊（Garden Gallery）与波席艺廊（Bothy Gallery）。

游客可以快速通过，直接往园区前进，当然也可以停下脚步，在一楼的商店里逛逛，或者在二楼采光良好的咖啡馆稍作休息——这里面对着视野辽阔的亨利摩尔主题公园。一楼的穿廊空间，也是小型的展览场所，垂直动感的设计，刻意与旧庄园的历史沟渠（Ditch，英国俗称 Ha-Ha）采用同一走向，暗示着与这片土地过去的历史接轨。

游客中心的南面以大面玻璃采光，充分引进阳光，而北面则有一半覆土于地下，让建筑的保温性高，满足英国寒冷气候的需求，以减少过多能源耗费。建筑师也尊重并保留原有的地形与大树，园区里的几棵百年橡树皆原地保留，在夏天也可提供游客休憩遮阴之处。

游客中心在功能上无疑是园区里不可或缺的服务性空间，在视觉上也成功地成为吸引游客的新地标。这个杰出的建筑设计也获得英国皇家建筑师协会（RIBA）的年度奖项。

地下艺廊

紧连着游客中心的“地下艺廊”是建筑师在园区里的另一作品。这是个室内艺廊的空间，主要是为了安置一些无法置于户外的脆弱敏感性材料艺术品与画作，或者是有灯光与多媒体装置等特殊需求的艺术品。

艺廊的设计手法仍旧以尊重原有的18世纪波席花园（Bothy Garden）与既有的波席艺廊（Bothy Gallery）的历史空间与园艺景观为前提，因此采用了覆土建筑的设计，将艺廊空间隐藏于花园下方，仅在花园下坡处露出玻璃立面与入口。室内除了一间“特别展览室”为因应敏感性材质的艺术品而有空调设备之外，其他皆为自然通风设计；也因为覆

Andy Goldsworthy 作品

Andy Goldsworthy 的作品在地下艺廊

土建筑的保温效果，使地下艺廊减少了大量暖气使用。该建筑也在2006年获得了英国以发掘杰出博物馆与艺廊空间闻名的Gulbenkian Prize的年度提名。

走访当天，正值YSP庆祝三十周年的大型特展，馆方邀请了出身于YSP的英国知名雕塑家Andy Goldsworthy举办个展。这位西约克郡当地的艺术家，擅长运用自然素材在大自然中创作，将艺术品与自然环境完美融合，而这个园区正是该类型艺术的最佳舞台。他针对室内的地下艺廊与广大的户外空间，设置了为数不少的雕塑作品，是难得一见的特殊展览。

景观园区

参观完室内的展览之后，紧接着来到户外展览的精华区。大部分的户外雕塑皆集中设置在园区的西北边，整个园区每天大致会有四十名艺术家的作品展出，是雕塑艺术家一个很好的展览场所与交流平台。

园区的东南半部则是空旷起伏的荒野之地，是健行的好去处，我们跨过大小湖，沿着山坡而上。在园区的最东南角，离游客中心约两公里的位置，有另一间由旧建筑物改建而成的长边艺廊（Longside Gallery）。这个空间由伦敦的海沃艺廊（Hayward Gallery，SouthBank Centre）与YSP共同经营也共享展览作品，特别是来自艺术协会收藏（Arts Council Collection）的艺术品。此外，也与附近利兹大学的设计、音乐与表演艺术相关科系合作，让学院教育与实作可以完美结合与呈现。

长边艺廊里的展览，由干燥过的羊粪做成

YSP也是健行散步的好地方

艺术作品

YSP 园区中最吸引眼球的展览主题，非亨利摩尔主题公园莫属。亨利·摩尔（Henry S. Moore，1898—1986）这位享誉国际的大师级人物，是 20 世纪英国当代艺术家与雕塑家的代表，影响英国近代雕塑风格甚巨，也可说是 YSP 里最抢眼的视觉焦点。此外，与亨利·摩尔同样都是韦克菲尔德当地的成长背景，亦师亦友的著名女性艺术家芭芭拉·赫普沃斯（Barbara Hepworth，1903—1975），她的 *Family of Man* 系列作品也是不容错过的当代雕塑瑰宝。两人的作品同样都是简洁的现代风格线条，以抽象铜雕、木雕、石雕闻名。而散布于 Lower Park、Hillside、Driveside 等户外艺廊的雕塑名家作品更是包罗万象，走一趟 YSP，绝对能饱览英国与世界当代雕塑大师的作品，即使不特别偏好雕塑艺术，光是徜徉在环境宜人的大自然里，走一趟短距离的漫步，都是极大的享受。

YSP，绝对是个旅行英国时，值得推荐的另类 Must See。

约克郡雕塑公园网站｜ www.ysp.co.uk

芭芭拉·赫普沃斯作品

亨利·摩尔作品（上、右下）
芭芭拉·赫普沃斯作品（左下）

纺织厂也有春天

索尔泰尔 Saltaire

由纺织工厂转型的 1853 艺廊里，保留了厂房结构之美

英国，身为工业大革命的起源地，留下了为数不少的工业厂房，有的闲置中，有的已被更新再利用，甚至名列联合国世界文化遗产（UNESCO）的保存名单里。2001年同时被指定的三处工业遗址，从最早发展的德比郡（Derbyshire）的德文特河谷工业区（Derwent Valley Mills）与苏格兰低地的新拉纳克（New Lanark），到最成熟的典范，布拉德福德（Bradford）附近的索尔泰尔（Saltaire），皆是重要的工业遗址保存项目，也是观光业极力发展的重点。

几年前曾拜访过苏格兰的新拉纳克社区，在某个圣诞节前夕，我们搭了火车北上寻访索尔泰尔工业遗址。还记得那是个0℃的冷冽冬晨，在索尔泰尔下车时，月台上铺满了一层薄薄的冰霜，走起路来得特别小心。

过去的索尔特工厂

从火车站出来，艳阳蓝天下却是冰冻的低温。我们在安静的村落里随意游逛，看看当年工厂老板索尔特（Titus Salts）为员工规划兴建的社区。社区里有功能完整的公共建筑，主要集中在维多利亚路两旁，索尔泰尔的道路命名哲学非常有趣，从那个年代的维多利亚女王与艾伯特亲王，到创办人索尔特与夫人，还有他们十一位子女的名字，全都用上了，另外还有两位主要建筑师的名字。

主要道路上的街屋，多数已改为艺品店、餐馆、咖啡馆与酒吧等，熟门熟路的

新意式风格的索尔特工厂建筑外观（左）
村落里的宗教殿堂（右）

S 介绍我们到这家 Salts Village Bakery & Café，很 local 的烘焙小店，供应新鲜的英式派饼与糕点，里面还兼卖手工制的饼干、果酱等。简单的食物、没压力的服务、温暖拥挤的小空间，也是旅途中的一种小小幸福。

企业家索尔特于 1851 年兴建了这座模范的维多利亚式工业村落，除了优雅的新意式风格纺织厂房之外，还有村落生活中不可或缺的教堂、学校、医院、图书馆、住宅群、活动中心、公共食堂、退休员工救济院等精良的石造建筑，为员工提供高品质的生活与工作环境，与同年代英国文豪狄更斯笔下的社会环境有天壤之别。

英国纺织业没落之后，索尔泰尔村落与厂房曾荒废了一段时日，直到 1987 年幸运地被当地企业家 Jonathan Silver（1949—1997）看中，大规模重新整建为“1853 Galley”艺廊空间，该空间也成为当地出生的英国当代知名艺术家大卫·霍克尼（David Hockney，1937—　）的专属展场。厂房结构与空间气氛原样保留，艺术品与旧建筑的氛围也完美结合，是英国极成功的旧建筑再利用案例。台湾的糖厂、酒厂、烟厂、电厂、炼油厂等闲置空间，也有许多有心人士关注，如果能学习这样的发展模式，赋予旧空间新契机，不仅能留下历史建筑，也为艺术家提供了展览空间，更给纷扰的社会多添点艺术气息。

布拉德福德一带人才辈出，像约克郡雕塑公园里的雕塑家亨利·摩尔与芭芭

进入 1853 艺廊的铁门上，有索尔特工厂的 logo（左）
画作陈列方式非常活泼（右）

拉·赫普沃斯，本着照顾乡民而兴建索尔泰尔村落的企业家索尔特，随后将废弃厂房买下的 Jonathan Silver，1853 艺廊的专属艺术家大卫·霍克尼等等，都是所谓的“当地人”。这些杰出人士因为他们的名气而荣耀乡里，为小地方带来了不少观光财富与就业机会。社会中如果能多几名这样的企业家与艺术家，本着“回馈”的经营哲学，相信更能造福大众，也为自己留下美名。这个小地方的地名“Saltaire”，即来自企业家的姓氏“Salts”与流经工厂旁的河流 River Aire。

年轻时已崭露头角的艺术家大卫·霍克尼，已于 1970 年代移居美国加州，但他每年至少回乡两次，也因此与企业家 Jonathan Silver 搭上线，建立起深厚情谊。Jonathan Silver 晚年癌症重病时，大卫·霍克尼更留在故乡陪伴他走完人生最后一段，并亲手绘制卡片相赠，这是两人深厚感情的写照。大卫·霍克尼也因为 Jonathan Silver 的建议，开始画下故乡约克郡的一景一物。

索尔泰尔宛如一颗时空胶囊，完整保留了 19 世纪中叶的工业厂房与工业社区生活的模式；风格一致的建筑样式，精良的建筑品质，一直是近代新城镇规划与土地使用模式的典范。对比当时欧洲高压帝国体制，Saltaire 是个颇具人道主义考量的实践，在那个年代算是非常先进的行为。

村落里最具代表性也最显眼的建筑就属新意式风格的索尔特工厂（Salts Mill），也曾出现在 BBC 2007 年“How We Built Britain”的英国建筑节目中，它是维多利

亚时期的代表建筑之一。主建筑后方的新工厂（New Mill）现已改为公寓与办公空间租售。村落中另一醒目的公理会教堂（The Congregational Church），兴建于1856—1859年之间，现已改为联合归正会教堂（United Reformed Church），细致浓郁的意式风格，索尔特之墓也在教堂内。教堂内部有个隐秘的空间，正在为圣诞节表演节目彩排的工作人员特地跑过来告诉我们，可以拉开那道深蓝色门帘走进去瞧瞧——里面居然是个雕功极细致的大理石天使雕像，几乎不曾在英国见过。

今日的索尔特工厂

现今的纺织工厂已成功转变为1853艺廊，四层楼的厂房空间，除了展示艺术家大卫·霍克尼的素描、绘画、摄影、服装与舞台设计等各类型作品外，每一层楼也各有其特色，规划有书店、精品店、餐厅、花店、咖啡馆、家具家饰店、运动用品店、脚踏车店、设计师珠宝店等等，另有不少办公空间可供租用。

地面层是ZEBA居家织品，专卖各类家饰布料与手工地毯。对于以地毯为主要室内铺面的英国人而言，这是非常常见的商店，连百货公司里，都有好大一区的地毯专柜，极大的空间正好是展售此类家饰布料的最佳场所。

走上刻意保留的老旧楼梯，经过一道新设计的索尔泰尔logo铁门，半信半疑地推开一扇厚重木门，则进入了完全不同气氛的艺术空间——这里就是1853艺廊的主展场。“1853”这个名字来自这座工厂成立的年代。宽敞无障碍的厂房蜕变成雅致的艺廊，靠着窗户透进来的柔光，使四周墙上的画作更有气氛。除了艺术品之外，这里也有艺术书籍、卡片、手札、美术用品展售。艺术品跳脱了窗明几净的美术馆，在铸铁砖造的旧厂房中反而更有味道。

爬上阶梯再上一层楼，是个复合式空间，先是Salts Book and Poster Shop书店与海报展售空间。书籍的取向比楼下的艺术类更多元，以艺文类、生活类、设计类为主；后方长条形的柜台，可帮顾客印制艺术海报。空间里也仅仅是精心设计的灯光营造，简单装点了几幅绘画与数盆植栽，完整保留原有的厂房柱列。通过书店，来到了热闹轻松的餐厅与商业空间。Salts Diner提供各类主食与下午茶点；彩色的餐桌椅，霍克尼的摄影作品展示，餐盘、餐具、菜单、侍者服装，甚至糖包上，都可见到霍克尼的画作元素，邻近地区不少人专程来此用餐喝咖啡。

连通每个楼层的阶梯，保留最原始的石材，完全没有经过修饰（左）
创办Saltaire的沙特先生（中上）
1853艺廊里提供游客休憩的沙发（中下）
餐厅墙上挂了艺术家大卫·霍克尼本人的照片（右）

餐厅之后，再往前一进，则是我最爱的商店 The Home，这里引进了全世界知名的居家设计名品，从大型的家具家饰到小型的餐具、餐巾等各类时尚精品。我们去时正值圣诞节前夕，商店里浓厚温暖的圣诞装饰风，跟窗户外头冰冷的蓝色，形成了强烈对比。

这一层楼另有 Gallery 2 艺廊，空间里的主角是一幅巨大的网球名画。这是大卫·霍克尼惯有的创作风格之一，用好几幅小画作拼贴而成一幅大画作。这幅画的特别之处，在于它是霍克尼于 1989 年 11 月 10 日从洛杉矶画室里“传真”到索尔特工厂给 Jonathan Silver 的，虽不是真正的画作，却值得纪念。穿越 Gallery 2 艺廊，又是一家户外休闲用品专卖店，然后是知名的当代珠宝设计艺廊 Kath Libbert Jewellery Gallery，这里展示了不少当代设计师的创意作品。

四楼空间则有古董店、裁缝店、花店与咖啡馆。以“opera”为名的咖啡馆，与一旁霍克尼的舞台设计作品“opera seats”相互辉映，由此可以欣赏艺术家不同的创作形式。工厂外的另一个角落则有专业的脚踏车店，有许多脚踏车与零配件可供选择。

整个 Salts Mill 的商店，以一种艺廊的方式经营。走在偌大的工厂建筑里，除了看展、看书、逛商店之外，饿了去吃顿饭，累了去喝杯咖啡，消磨上一整天都嫌不够。

索尔特工厂 | www.saltsmill.org.uk

第二个比较小的艺廊空间

逛完艺廊与书店，别忘了坐下来喝杯香醇的咖啡，这里的餐具都印上名画

书店里仍保留了当时的大型机具

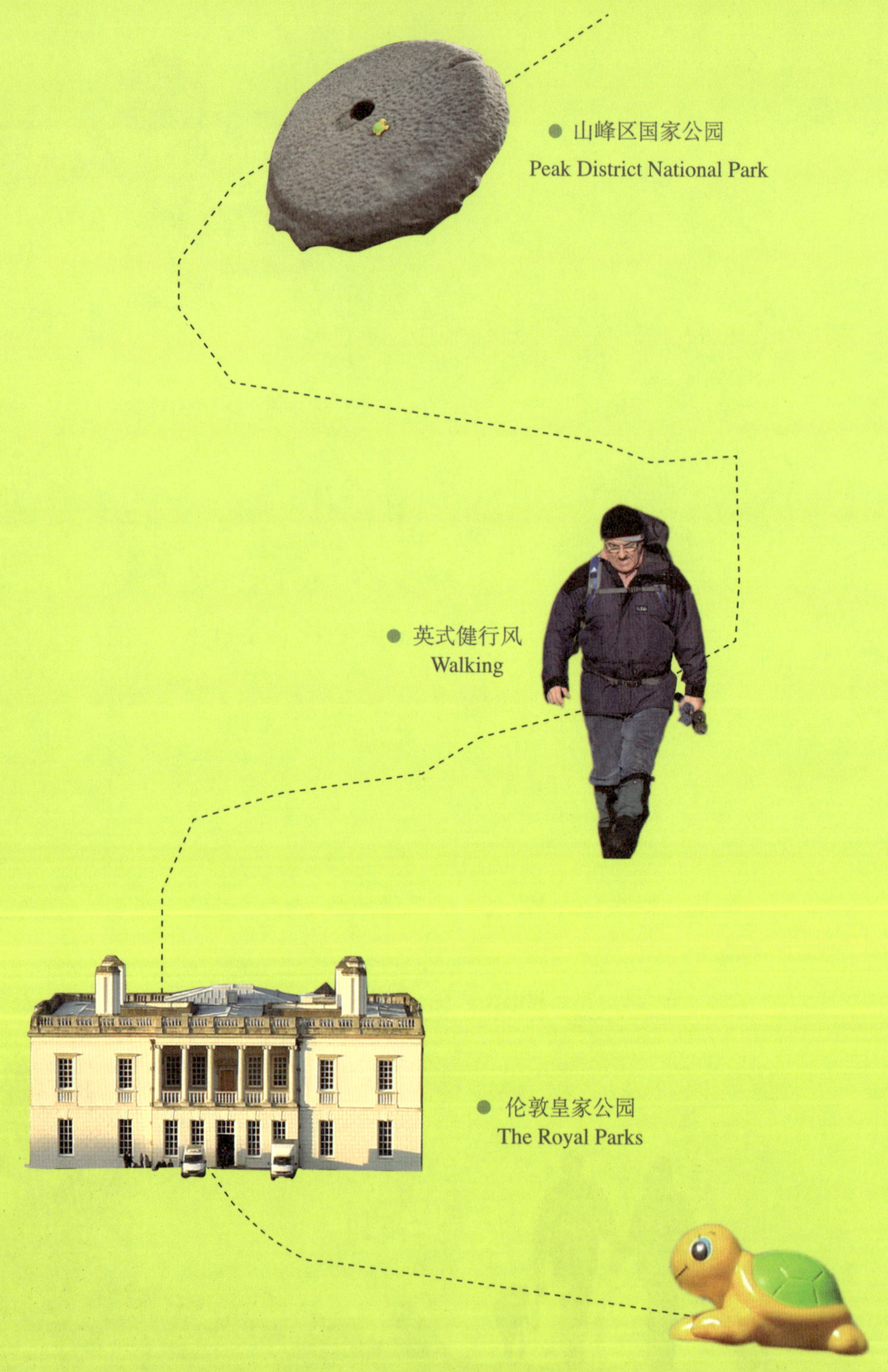
山峰区国家公园
Peak District National Park
英式健行风
Walking
伦敦皇家公园
The Royal Parks

龙脊上的明珠

山峰区国家公园
Peak District National Park

山峰区国家公园的夏季林间

山峰区的标志就是来自工业革命时期当地所留下的石磨

大不列颠本岛上的英格兰、威尔士与苏格兰，迄今设立了十四座国家公园，其中第一座就是1951年4月成立的山峰区国家公园（Peak District National Park）。这座英国历史最悠久的国家公园里，有数百条宜人的健行步道，以及蜿蜒其中的溪流、绵延崎岖的山形地势、广阔绵延的荒原、攀岩者的天堂等天然环境；也有数十个迷人的村镇，以及工业革命的工厂、野放的牧场、知名的英式豪宅、中世纪的教区教堂、传统的乡村旅店与酒馆、史前的巨石圈等丰富的人文与历史。

山峰区位于英国中部的德比郡（Derbyshire）。住在山峰区边缘、南约克郡的我们，这几年陆续拜访其中的景点与城镇，走过无数条自然野趣的步道，这些成了我们的英国生活中最鲜明的印记。

英国国家公园与中国台湾的大型公园气氛不太一样。拥有丰富自然与文化资产的国家公园，没有一味采取严格的法令限制，这里与真实生活更贴近。山峰区国家公园范围内约有3.8万人居住或工作，居民一样住在小镇里，过着日常生活。规划完善的健行步道与游憩设施，也让游客有机会亲近自然，从中学习尊重自然。境内的野生动植物也在适当的保护之下，获得了安稳的栖息环境。

当然，此地一年1900万游客的造访人次，仅次于著名旅游胜地湖区国家公园

（Lake District National Park）的2200万人次，确实使自然环境越来越有压力，但它仍继续努力地保持生气，提供周围居民与游客一个干净的“肺”。

英国本岛除了苏格兰高地有较高的地势之外，地形以平缓的丘陵居多；占地1438平方公里的山峰区，相较之下有较为多变的地势。山峰区包含了奔宁山脉（Pennines）的一段，其中636米的最高峰在Kinder Scout一带，就在依德尔（Edale）附近。境内因为地形与地质分为南北两区，中南部是较为平缓的石灰岩地形，有丰富的植物群，称为White Peak，北边则是较多崎岖砾岩地形的Dark Peak，尤其东边最著名的Edge，有一道接一道的陡峭悬崖。因为岩石较不具渗水性，仅有限地满足了苔藓、地衣、石楠等植物的生长，形成了独特的荒原（moorland）景观。

山峰区属于三亿五千万年前的石炭纪地质，土壤中有大量的海洋生物化石存在。冰河时期融冰之后，陡峭的峡谷加上酸性雨水的侵蚀，形成了许多天然的石灰岩洞。

除了迷人的自然环境与景观，山峰区的历史典故、风俗民情、建筑与人文景观也相当可观。Dark Peak中发现了中石器时代人类活动的证据，White Peak则有新石器时代人类用来蔽居的洞穴。国家公园境内也有许多石圈遗址，最著名的是Arbor Low，被称为“北边的巨石圈”。世纪初的罗马人也曾在这里筑堡垒、浴池等工事，凯尔特人特有的十字图腾，也可在许多教堂墓园里发现，像是Bakewell、Eyam、Hope、Ilam等地。此外，园区里也有卡索顿的诺曼式城堡，以及Haddon Hall、Eyam Hall、Lyme Park、Chatsworth House等宜人的庄园建筑。

山峰区周围有许多18世纪工业革命时期重要的工业大城，附近拥入了许多就业人口，这一带绿地就成了他们休憩的好去处。成立国家公园之后，除了更多的当地地主开放自家土地以供健行者通过之外，也平衡了当时不断扩张的工业发展。

春天的霜雪与枝头上的嫩芽，夏末的石楠染紫了整片荒原，秋天的黄叶带着幸福的味道，冬天的枯枝则满是萧瑟凄凉的景致。这里的四季、晨昏、阴晴，各有它独特的味道，让人百走不腻。

国家公园里，还有许多不可错过的乡村美食。据估计英国有超过五万家的酒吧，就连在国家公园里也随处可见：小镇里的，公路上的，荒郊野外的，各有各的历史与特色，它们都是拜访国家公园不可错过的味蕾体验。

Longshaw Estate

距离谢菲尔德 8 英里的 Longshaw Estate，搭公车约二十分钟路程即可抵达。以下车站狐狸旅店为中心放射出去，有为数不少的健行路线，而附近一带的荒原隶属英国国家信托所有。1830 年，一位公爵为了在此地狩猎，兴建了 Longshaw Lodge，作为狩猎休息的据点；1930 年代，公爵的后代标售了这块狩猎地，国家信托购得部分土地，用以保存大片的橡树与白桦木，并将狩猎休息的房舍改建为游客中心，提供简单资讯与休憩茶屋。

来的次数多了，逐渐发现山峰区的健行路径，似乎也有等级或者阶级之分——英国人真的什么都存在着阶级的意味。某些路段会出现的健行客，优雅一点、有气质一点，也专业一点；某些路段，则是非常大众化。Longshaw 即属后者。这里地势平缓，路径简便，路程也短，因此出现许多“非”健行客，仅仅纯粹来此享受周末时光。车子停靠路边，不用几步路，就可以坐在小河边或小湖边，晒太阳，野餐，喝茶，看书报，遛狗，逗小孩。

国家信托在 Longshaw Estate 经营的小茶馆

荒原中的紫花是石楠丛，英国夏天特有的地景

干枯的秋天有另一番安静想象

因此，临时起意的健行与散步，这里是我们最好的选择，可以短距离地走到湖边来回，也可以沿着小溪边的林子走上一大圈，走在林间，走在溪边，过了桥然后再回头，步道距离可任意决定。这片林子像是英国童话故事中会出现精灵的森林，每棵树都长得歪斜古怪，仿佛躲藏着会抓走小孩的树灵。

每年圣诞节前夕，国家信托也会在园区里贩卖“真”的圣诞树，停车场旁整齐地摆满一棵棵绿意盎然的圣诞树。所谓真的圣诞树，就是直接把针叶树的树冠给锯下，时间久了，树会自己再生，对树本身无害；而使用过后的圣诞树可以还给大自然，自然消腐，至少比塑胶的圣诞树环保许多——西方国家大量的塑胶圣诞树的制作与使用后的回收都是环保大问题。

顾客在工作人员的介绍下，开始在众多的树中挑选满意的树形。树是自然生长的，因此形状各异，这也是“真树”与“塑胶树”的最大差别。挑完树后的第一个步骤就是帮树量身高，因为要丈量计价，价格是一英尺 4 英镑。付费之后提供打包服务，不然一棵大剌剌的树该怎么搬运回家啊。打包方法是将打包网套在圆筒外，只要把树从这一头塞进那一头，树自然就套在网子里面，非常简便。打包之后，还没结束喔，龟毛的英国人，还会继续把树干的底座用锯子修剪整齐，方便顾客回家立树。如果没车子，还提供运送服务！

海拔较高的山区，冬季仍有赏雪机会

狐狸旅店

山峰区迷人之处，还在于可以享受有别于城市口味与价格的乡村美食。这家有着美丽名号的狐狸旅店（Fox House Inn），是兴建于1770年代的传统英国石屋。刚开始是一家提供两间客房的牧羊人旅店，在荒原中为牧羊人提供一个温暖的依靠；现在则是一家生意兴隆的乡村酒吧。

旅店是惯有的英式内装风格：暖色调的地毯，昏黄的灯光，老式考究的木质家具，烧着无烟煤的古董壁炉，高高低低上上下下的楼板，甚至还有许多温馨、隐秘、趣味的小角落，是个适合家人、朋友聚餐的空间。店内提供的食物多半是乡间

Yorkshire Bridge Inn 的乡村牛排餐（左上）
英国人星期日吃的 Sunday Roast（左中）
Yorkshire Bridge Inn 里的嫩烤羊腿是知名料理（左下）
荒原中的狐狸旅店，常有羊群经过（右）

粗食，主菜之外，搭配时蔬或清爽沙拉，然后会有一堆撑破肚皮的水煮马铃薯球、煎马铃薯块、烤马铃薯球、马铃薯泥，还有新鲜炸薯条。再来一品脱（Pint，英国酒吧里的计量单位）冰凉的爱尔兰黑啤酒（Guinness），或当地的麦酒（Ale）或苹果酒（Cider）……谁说英国食物不好吃呢？这样的组合我倒是非常满意。

旅店外的停车场总是停满了私家轿车，健行的、吃饭的、喝茶的，还有一旁射击泥土飞鸽的，最后大家都会聚集到酒吧，尤其是星期日的 Sunday Roast 时间，更是一位难求。冬天的火炉上烧着木炭，暖洋洋的炉火烧出了一屋子的温暖。英式乡村酒吧，就是有种无法取代的 cosy 感，复制不出来的，火炉上写着：Why not warm yourself up with a liqueur coffee?

横贯山峰区北境的 A57 公路，连通谢菲尔德与曼彻斯特两大城，此景摄于 Moscar Lodge 附近

北方巨石圈

英国本岛与离岛散布着各式排列组合的巨石圈，规模或大或小，英格兰南方的Stonehenge无疑是最知名的一处。史前石圈总是带着某种神秘色彩，而古老的山峰区土地上，也隐藏着不少石圈，其中以Arbor Low为最，有“北方的Stonehenge”之称。

从首府贝克威尔往南开，经过可爱的Youlgreave小村，车子拐进了无法会车的乡间道路。道路旁写着“这里是宁静区域，经过时请保持安静”的标示，让人误以为开错了路。窄路两旁尽是绵延的牧场与农场，羊群、牛只自若地在草原上啃食青草。在一处私人农场的路口前，跟着不甚明显的路标，我们来到了农场门口的停车场。往石圈的步道得通过这座农场，聪明的农场主人索性就在门口摆了一只收费箱，通过的游客请诚实投币，一人一镑。钱币、纸钞就这样任意被丢在路旁树下的生锈小铁箱里，主人偶尔出来巡视。一旁还提供解说小册子，有需要的请再投币。一切都自己来，游客们也都老实地投了过路费。

满地牛粪的农场中，有室内圈养，也有户外牧场，到处都是牛只，还有不少野放的山鸡。主人又摆出了 DIY 自助式的有机鸡蛋贩售，喜欢的就自己投钱带走吧。农场主人就住在一旁的农舍里，屋前晾着一长串的衣服，三个幼龄小孩奔放地玩耍着。空气中散发着农场该有的浓郁味道。——与乳牛们打完招呼，推开几道木门后，我们来到了牧草地边的石圈。

相传在四千到五千年前，游牧民族竖立了这个石圈，他们聚集在此地举行某种宗教仪式，并在这里交换牲畜，也围绕着石圈燃烧营火。据说史前时代，石圈的出入口仅提供给祭司与巫师们使用，一般人只能站在土丘上观看仪式进行。原本矗立的巨石，不知在哪个年代被迷信的农民一一推倒，所以，现在看到的是一块块平躺的巨石块。当然，游客们可以自由进出当时设置的出入口。

无法掌握石圈真正的意义，不过，此地的环境倒是清幽宜人，方圆几英里内除了农场几乎没有其他建筑，只有一望无际的绿色草原。巨大的石圈，围绕在外圈隆起的土丘与内侧一道壕沟里面，巨石以平躺的姿势横卧在绿草地上。宁静舒适的画面中，三三两两的访客，有的沿着石圈外的土丘漫步，有的倾卧在石圈旁，也有的在安静沉思。

到访的这天，天气温暖晴朗，巨石群看起来仿佛是苍穹最好的装饰。

山峰区国家公园｜ www.peakdistrict.org

有北方巨石圈之称的 Arbor Low

健行是英国民众最喜爱的全民运动

我们最常拜访的 Longshaw 步道

骑单车健行的人们

健行，英国人最热爱也是最重要的休闲活动，不仅国家公园里有步道，城市、郊区有步道，社区有步道，只要你想走，随时随地都有规划良好的步道，可以轻松轻装上路。而且，不是那种被水泥、木栈道或许多人工围篱组成的人造步道，顶多就是一条泥土路，或是一条被踩出痕迹的草皮路。循着简单的路标，一路走来自然舒畅又健康宜人。这是享受英国田园风光最值得推荐的方式。英国的男男女女老老少少，周末假日总是装备齐全地走向户外，这是一种值得我们学习的生活态度与方式。

不仅仅是自然主题的步道，除了国家公园里的自然野趣步道，也有电影步道、文学步道、艺术步道、雕塑步道、美食步道、茶馆步道、酒吧步道、考古步道、海岸步道、历史建筑步道等等。一条条步道串联起丰富有趣的主题，让人走得新鲜也走得起劲。书报摊上也有许多专为健行出版的杂志，搭配不同的季节，介绍健行路线，也推广环境教育。书店里健行专柜的专书更是满坑满谷，能满足各种不同需求的健行客。

我们最喜爱也最常进出的步道，就是谢菲尔德郊区的山峰区国家公园。山峰区境内的健行路线总长度加起来有 2253 公里，最知名的即是一路往北直达苏格兰的奔宁山步道（Pennine Way）。

国家公园里的步道设计有高难度的，也有一般等级的；有郊游路线的，还有沿着旧铁道而筑的；有的是石灰岩谷地的河边步道，还有在石灰岩高原上的、在石灰

也有适合老年人健行的步道

岩洞中的、在荒原中的、在森林中的；有适合单骑的，也有适合骑马的，适合各种年纪的都有，是个对健行者最友善的国家公园。在英国，很少有地方的健行环境如此多元且集中，小小区域里即能享有多变的自然环境。

星期天早上，从谢菲尔德搭上往山峰区的240公车，满车一身劲装打扮的英国人——背上登山包，踩上登山鞋，套上绑腿，拄着登山杖，胸前背着防水地图袋，目的都是到国家公园里健行。较特别的是，双层巴士上下二层的乘客多数为白发苍苍的老人家，各个都是勇健利落的身手，很难与外表联想在一起。想象我七八十岁的奶奶，怎么可能穿上Gore-tex靴，背起厚重的背包，独自搭公车去健行？在英国，老人就是这样独立自主且生龙活虎地过日子。

在山峰区健行，是幸福的，可以走得优雅，也可以走得豪迈，沿途的景色——草原、溪流、大树、石墙、羊群、牛群、农舍，都是经典的英国乡间元素，美丽而宁静。或长或短的健行路线，没有明显碍眼的路标，多半只立了一根箭头指示，或是依着健行指南的文字描述，在一道石墙尽头右转，或是在一扇木门之后左转，或是看到一棵大树直走……这里的健行者一定随身备有一份专业健行地图，才不致在原野中迷途。这也就是英国书店里，总有很大一柜的地图的原因。由英国地形测量局（Ordnance Survey）出版的各种比例的地图，满足不同户外活动的需求。拜访山峰区的话，就要购买编号OL1和OL24的地图。

即便只是要走一段几个小时的郊游路线，英国人也会郑重其事地全副武装上

场，背上的大背包像是要出门好几天似的，里头装了各种法宝，食物和水之外，还有急救包、手电筒、自行车用的背袋水壶、雨具等等。专业地图则装在专业地图袋里，就算已经走了一百遍，依旧会乖乖地带着它。还有很多其他的不可思议的奇怪装备，表现了凡事讲究与按部就班的英国人性格。不过，我偶尔还是对这样煞有其事地走在平坦荒原中的行为感到诧异，只能解释成他们大概是为了锻炼体能。这也难怪英国的户外用品店如此普遍也如此生意兴隆。

英国的健行客百分之百友善，不仅会互相打招呼，互相礼让，也会一起赞美今天的好天气与好风光，一起讨论这株植物与那只鸟。我们这种外来的健行客，如有任何疑惑，他们也一定热心地解说到你没有任何疑问为止。是啊，会到户外来的人，总是特别友善，尤其特别喜欢帮助外国人。这个时候，你会觉得英国全都是好人。

有很多人会带着狗儿一起健行，出门还会帮狗带水杯，自己喝水时，也给狗儿来一杯。这里也真是狗儿的天堂，有如此宽广舒畅的环境可以活动，不像台湾的狗儿，总是生活在水泥公寓里吹冷气，出了门也还是水泥公园，说不定公园里还“禁止遛狗”。

我们总是在周末前一晚猛盯着 BBC 气象瞧，看看天气是否适合健行。虽说英国人喜好在迷雾的阴雨天中健行，说是身心接受风雨洗涤，更能领悟到某种人生哲理，怕冷的我还是没办法体会这样的试炼。所以尽量还是挑个好天气，出门舒展闷坐在电脑前的僵硬筋骨，也给肺循环一点清新的空气，也让一些恼人的事物暂时抛开。大自然总是最好的身心良药。

国家公园里每个小镇都设有简易的游客中心，健行者与游客一波一波进来，问了资讯，喝了热饮，上了厕所，又一波一波离去，全遁入周围广大的山林之中，选择自己喜爱的步道走上一圈。

为了提高健行路线的趣味性，管理单位总会在步道沿途设计许多“奇奇怪怪的关卡”或“多此一举的门”，让健行者走一段路之后，必须打开一道木门，爬过一道木篱，翻过一道石墙，或按下按钮打开电动门。有时候一条路径需穿越二十道各种稀奇古怪造型的门，平添健行乐趣。

偶尔，我们也会在非假日的下午，搭车到山峰区漫步一圈。没有确切目标，也不用研究地图，依着书上的记忆，沿着几乎没有地标、也没有明显路径的健行路线，轻松自在地迈开步伐。

山峰区的步道上，几乎没有任何人工添加物，尤其没有碍眼的水泥，一切就是自然、原始，顶多只是木篱笆、木门、石堆、石墙。英国传统的石造房子在这里，一点也不嫌多余，反而是大自然中的点缀。很多小镇里的咖啡馆与茶馆，几十年来就是那一两家，没有明显的招牌，也没有一窝蜂开店，尽力保留小镇原本的宁静与风貌。

在台湾，连在最不该被破坏的“国家公园”里，经常可见铁栏杆、水泥步道、水泥阶梯、水泥边坡、水泥停车场、乱无章法的名产店、餐饮店，更有离谱的五星级大饭店、热闹的室内游艺场、五光十色的俱乐部、美轮美奂的度假村，发展到了不可思议的地步。大家离开都市来到“国家公园”，该不会是为了这些东西吧，就算是，“国家公园”也该抓住机会尽尽教育的义务，不该一味迎合都市人的无理需求。

着实羡慕英国这样的生活环境与英国人的生活态度，半个小时的车程，就能深

步道上会遇见的各种木门

处大自然的怀抱中，享有规划完善的健行环境，让人马上置身于与都市完全隔离的荒原当中，难怪“健行”是英国人最热衷的户外活动，也是学习与自己相处的良方。

健行指南达人 Alfred Wainwright

英国的健行指南种类繁多，专门出版健行书籍的出版社也不在少数，其中最具特色的一套健行指南，是 1955—1966 年出版的 *Pictorial Guide to the Lakeland Fells*，一套七本的湖区（Lake District）健行步道指南，已经成了英国健行书的经典。随后的几十年也发行了不同的精装版本，成了具收藏价值的套书，甚至还有许多书籍专门研究探讨作者，或集结成不同主题的健行书。

作者 Alfred Wainwright（1907—1991）成了英国健行指南的达人，BBC 也曾制播“*Wainwright Walks*”的节目。到湖区旅行时，书店、国家公园商店里，也随处可见 Wainwright 的再版指南，或有价值不菲的早期版本。它的特别之处在哪呢？

随意翻开这七本书中的一本：适合随身携带的尺寸，握在手中的感觉很扎实，手写手绘的封面里，从文字、地图、目次、等高线地形图、风景绘图、页数以及整本书的细部编排设计，全部来自作者精心琢磨的手绘功夫，巨细靡遗地呈现健行资讯与风景描绘，稍微失误马上重绘。完成一本书非常耗时耗力，作者非常坚持自己想要的呈现方式，几乎到了顽固的地步。

Wainwright 是一名会计师公务员，他利用每个周末假日，风雨无阻、从不间断地搭公车到湖区各个角落健行记录，发掘新路线。平日则白天上班，晚上一回家就埋首于自己的手绘指南世界中。顽固摩羯座的他，甚至每周健行时固定光顾同一家炸鱼炸薯条餐馆。他将第一本书从头到尾地手绘手写完成之后，自己找了一家当地出版社发行，当然出版社完全尊重他的创作，只是负责最后的印刷程序，因此保留了作者最忠实的想法与构思。之后的十三年之间，Wainwright 陆续出版了七本共 214 条步道的健行指南，成了湖区健行指南的经典，在英国畅销了五十几年，至今仍在新一代的健行

健行达人 Alfred Wainwright 的湖区健行指南，现在有各种纪念版本

客中持续热销。2007 年开始，新接手的出版社开始更新年代久远的数据，继续再版，预计 2012 年完成七本书的再版计划。

除了湖区的七本之外，还有六本湖区之外的健行指南，其中最知名的就是 190 英里长、从英国东岸 Robin Hood’s Bay 到西岸 St Bees 的《东西岸大纵走》(*Coast to Coast Walk*) 健行指南，与《奔宁山大纵走健行指南》(*Pennine Way Companion*)。除了健行指南之外，执著的 Wainwright 更出版了另外三十五本风景画册。

Wainwright 的坚持与认真，使得他在五十多年前写就的健行指南，仍旧是市面上最详尽、最贴切、最负责任、最具个人风格的指南。看过 BBC 的健行节目之后，我又到书店仔细翻阅每一本健行指南，对于作者的良苦用心与各种坚持，有种莫名的感动。

奔宁山大纵走——依德尔

奔宁山线（Pennine Way）的最南端起点就是从山峰区的依德尔开始的。这条长距离的英国国家健行步道长达 429 公里，终点在苏格兰边境的 Kirk Yetholm，途经三座国家公园。

这条健行路线由一位有着多年健行经验的英国朋友 Jon 领队，他曾在多年前花

奔宁山大纵走的起点路段

了三个星期走过一趟。真想也能体验一回，一口气走三个星期是什么滋味。Jon 理了个大光头，又挺了个不太小的肚子，很难将他与二十年的健行经验联想在一起。热心的 Jon 为了这趟健行，即使已经对这些错综复杂的健行路线了如指掌，出发前还是再次精确计算了里程与时间。

一行六人搭上往曼彻斯特方向的火车，经过奔宁山脉时，在途中的小镇依德尔下车。依德尔是多条健行路线的起点，安静的小镇上没有什么商店，却异常热闹，大家都是因为健行而路过此地。Jon 谨慎地询问游客中心，我们预定要走的路线是否安全。

当天我们只体验了其中的一小段路径，目的地是山峰区的最高峰。因为捷径的坡度太陡峭，Jon 带我们沿着正常的路线前进，扎实地绕过了好几个山头，从开始的缓坡，到后来的陡坡，健壮的 Jon 在前头大步迈进。我本来走路就慢，再加上沿路拍照，一行人总是在前方等着我，等我上气不接下气地赶上时，他们已经休息够久，马上又出发。我几乎一整天都在陡峭的山路上小跑步。

这一带地形地势险峻，荒原中的风势异常强劲，几乎无法站稳拍照。走过平缓的草坡、农家、牧场，然后穿越一望无际的荒原。荒原中因为差别风化，突出成一块块的独立岩石，英国人取名叫蘑菇园（Mushroom Garden），很贴切的名字。远远看，巨石就像是一朵朵蘑菇伫立在山顶上。我们像是穿越迷宫般地走过蘑菇园，回头看到对山刚刚走来的细微路径，真是佩服自己，竟走了这么远、这么高；如果不是一群人押着我，一定走到一半就放弃了。

绕过蘑菇园之后，开始下坡。不同于刚刚荒原的孤寂景色，这里是绿草如茵的依德尔山谷（Edale Valley）。春天的气息，让花草树木有了丰富的色块，浑然天成的美景，让人忘了一整天的辛劳与完全不听使唤的双腿。

依德尔雪景

英国因为大西洋暖流的调节，冬季的降雪几率不大，大雪则更稀有，想见到厚厚的白雪，就得上山去。依德尔空旷的山形谷地，是体验山峰区雪景最热门的据点。某年隆冬二月底，大雪之夜的隔天，我们搭上往曼彻斯特的火车，两节车厢里只有两位上班族，还有两位跟我们一样要去健行的英国人。

依德尔山谷的雪景

在依德尔下车后，踩着地上软绵绵白花花的积雪，顶着凛冽的强风，我却像个小孩般边跑边跳，别说我对雪景特别兴奋，就连英国人都满心期待。草坡上的黑面羊，各个缩着身体窝在冰雪上，羊毛真的如此保暖？裹一件就可以这么安稳地睡在雪地上。这些羊群看来似乎还没起床，见我们靠近，才懒洋洋地以为喂食时间到了——因为冬季草地被冰雪封住，羊主人须固定来喂食预存的干草。羊儿看我们手上只有两台相机，一会儿就悻悻然离开。

穿越奔宁山线的东西向火车会经过依德尔山谷

继续往山坡上走，又见到另一群羊。这区的主人比较尽责，早已载满一车车的干草来喂食，一旁还有一大群乌鸦跟着偷食。一只在草丛中被我们惊吓到的灰白色野兔，在空旷的雪地上狂奔，模样煞是好看。

大大的太阳照着雪地，仍抵挡不了空旷地区的强风低温，尽管全副武装，还是冷到心坎儿里去。我们努力地在雪地上堆出一只“雪龟”，因为堆雪人实在太难，没有防水保暖的手套，还真的没办法堆出一个像样的雪人来。没勇气再继续往山上走去，缩回小镇上的酒馆，点了杯热茶，暖一暖冻僵的身体，撑不下去了。

雪地里这么冷，但每回一有大雪，我们还是不放弃到山上赏雪玩雪的机会。有火车到达的依德尔，一直是我们到山峰区赏雪的首选。

鸽鳌健行记——朵芙峡谷

平日在山峰区的健行大抵集中在北边，一来北边的地形变化多元，二来离家近，交通比较不成问题。当然，拜访山峰区也绝不能忽略秀丽的南边，这里也有无数条知名的健行路线，这一带平缓的地形，更适合不分年龄的健行客郊游踏青。

位于西南角的朵芙峡谷（Dovedale），也是山峰区知名的景致之一，从 Dovedale 到 Milldale 是一条老少咸宜的河滨步道，尤其入口处得跨河经过一道 Stepping Stones，即溪中的踏脚石，大人小孩都喜欢在那上面不断来来回回地多走几趟。

去程步道沿着朵芙峡谷而行，沿途经过多处天然洞穴，一路轻松愉快地抵达中转站 Milldale，大伙儿停下来吃午餐。小村庄里的杂货店前大排长龙，健行客们都想来杯热热的浓汤暖胃。稍作休息后，回程可以走不同的路径，穿越开阔平坦的丘陵，体验完全不同的草原风景。草原里的牛群大喇喇地占据了步道，我们想了许久，到底该怎么穿过牛群。深吸一口气，大胆地从牛只身旁走过，这才发现，牛完全不理会我们，虚惊一场。这条草原步道的终点，是另一座迷你也迷人的小村庄艾伦（Ilam）。这个小村里有奇特的建筑，有凯尔特十字的古老教堂，有改建成青年旅馆的维多利亚式艾伦庄园（Ilam Hall）。除了健行，艾伦小镇本身也是山峰区值得推荐的一处特殊景点。

山峰区 | www.peakdistrict.org

朵芙峡谷的迷你村庄艾伦，有非常具特色的民居建筑

都会健行

伦敦皇家公园
The Royal Parks

海德公园是伦敦最大的绿地

伦敦，一个我们都不陌生的首都城市。新科技的现代建筑，历史悠久的老屋，繁忙的商业街道，一辈子也逛不完的博物馆与美术馆……这些人文景点之外，造就伦敦与众不同之处的，就在都市中每个角落的大小公园中。有了这些绿地的点缀，让伦敦比欧陆其他城市来得更柔美、更优雅、更休闲、更有机。

伦敦的公园多半来自过去的皇家狩猎场与后花园。七百多年来，这些封闭的空间，从君王狩猎的场所，演变成开放性的市民公共空间，在纷扰的都会生活中，提供了一处美丽且安静的天堂，让人恣意享受、放松身心，也有机会亲近大自然，聆听大自然。这里也扮演着维持都市环境中生物多样性的重要角色，尤其公园里的大树、灌木、草地与湖泊，是鸟类的庇护所和它们重要的觅食地，亦是水鸟的繁殖地，更是北方候鸟的度冬之地。

海德公园（Hyde Park）

不管从北边的牛津街（Oxford St.）还是从南边的骑士桥（Knight Bridge），进入海德公园都可见到一整排林荫步道与一望无际的大绿地，仿佛来到了乡间。想象

黛安娜王妃纪念喷泉，被一些当地人称为“滑稽的水槽”

一下，1536年时，亨利八世在此追赶鹿群和野猪，而几百年后的现在，每天清晨有人练太极、跑步、漫步、骑马，从这些大树底下经过，享受着都市中的蓝天与绿地。广达350英亩的平整绿地，也是国家庆典的重要场地，更是大型露天演唱会的集合场，帕瓦罗蒂、罗宾·威廉姆斯等巨星都曾在此面对着几十万群众高歌。

海德公园当今最具话题性的景点，就是2004年由女王开幕剪彩的“黛安娜王妃纪念喷泉”。喷泉由545片康瓦尔花岗岩构成，女性景观建筑师想要以优雅的卵形线条表现黛妃短暂美丽的一生。水流由高点往两边分流，其间造成了瀑布、旋涡、水泡等，最后在底部汇集成平静的水池。游人可跨越喷泉中的三座小桥，进入喷泉中间的绿地，从不同角度欣赏喷泉之美，也怀念这位英国皇室永远的王妃。

每年的圣诞节与新年期间，海德公园边会搭起规模盛大的临时露天游乐场，复古旋转木马、云霄飞车、摩天轮等维多利亚风游乐设施，使大人小孩都陶醉在节庆当中。此外，冬季的海德公园导览与赏鸟解说，还可让游客深入观察公园的冬季景象，探究野生动物如何在冬季气候相对温暖的伦敦度过寒冬。

雷恩设计的肯辛顿宫

肯辛顿花园（Kensington Gardens）

肯辛顿花园占地260英亩，原是海德公园的西半部，后来成为肯辛顿宫的专属花园。大面积树林覆盖的绿地里，有伦敦少见的意式庭园，有不少大师级的雕塑作品，也有皇后茶屋改建而成的蛇形艺廊（Serpentine Gallery），每年夏天我们一定来此参观那栋临时的建筑大师展馆（Pavilion）。因为公园里的树林与池塘，这里有着多达178种鸟类的记录。

1689年，威廉三世把它从海德公园分割出来，因为国王被气喘所扰，需要新鲜的空气与安静舒适的环境。他委托建筑师雷恩（Sir Christopher Wren，1632—1723）设计了一栋红砖样式的肯辛顿宫（Kensington Palace）；接着，乔治二世的妻子卡洛琳皇后则委人设计了Serpentine，作为茶屋之用，并开凿了The Long Water水池。

维多利亚女王就在肯辛顿宫出生，一直居住到1837年就任女王为止。宫殿侧面的女王雕像面对着大圆塘（Round Pond），为纪念女王登基五十周年。维多利亚

每年夏天临时性的建筑大师展馆与窗外那栋皇后茶屋改建而成的蛇形艺廊

女王当时规划了北边的意大利花园与南边的艾伯特亲王纪念柱。而肯辛顿宫也是黛妃生前的居所。2000 年开始，园方设计了一条七英里的黛安娜纪念步道，循着地上的金属标志，从这里开始，一路穿越海德公园与绿色公园，直到圣詹姆士公园为止。

公园里最童趣的雕像就是 The Long Water 岸边的“彼得潘”，小飞侠彼得潘的故事从这里开始，向全世界散播了一百多年。1904 年作者巴里（James Matthew Barrie）在这里遇到了四名小朋友，给了他写剧本的灵感；随后彼得潘的戏剧上演，小说出版。1912 年作者赠给肯辛顿花园这座雕像，基座上爬满了松鼠、兔子、老鼠等小动物，是游客造访的热门景点。

维多利亚女王的夫婿艾伯特亲王，于 42 岁即因伤寒去世，在爱丁堡与曼彻斯特等大城均立有纪念柱，而最知名的就是这座金碧辉煌的新哥特式纪念柱 Prince Consort National Memorial。不仅纪念艾伯特亲王，也颂扬女王的功绩，象征欧洲、亚洲、非洲与美洲的雕像立在四个角落，还有象征士农工商产业的雕像，代表着大英帝国的辉煌年代。

绿色公园连通白金汉宫的步道

绿色公园 *（Green Park）

与白金汉宫比邻的绿色公园，占地40英亩，公园里几乎没有任何建筑物，仅有纯粹的“绿”。1668年查理二世将其围起放牧鹿只，直到1826年才对大众开放。这里和紧邻的圣詹姆士公园、海德公园串联成伦敦的开放绿带，虽然都属皇家公园，却各有不同风情。绿色公园是个更安静的开放空间，有茂密的树林与宽广的绿草地，也是附近高级住宅区梅菲尔（Mayfair）与丽池酒店（The Ritz London）房客们散步的好去处。

绿色公园是游客们观赏白金汉宫卫兵交接的必经之路，春夏两季在每天上午十一点半，秋冬两季则在单数日举行。卫兵交接时，禁卫骑兵团由圣詹姆士公园东端出发，经过林荫大道（The Mall）来到皇宫前，上演一段一小时古老又经典的卫兵交接仪式。卫兵交接有军乐队伴随，演奏的乐曲从传统军歌到流行乐都有，颇受游客喜爱。从白金汉宫前的哨兵人数，可判断女王是否在宫中：四名哨兵站岗表示女王在家，两名哨兵则代表女王出门去了。

女王真实的生日是4月21日，但英国皇室由来已久的传统，是选在气候稳定的夏季举行女王官方生日的庆祝活动，因此每年6月皇家礼炮会在绿色公园响起，日期不定。4月、7月、11月固定的外国元首访问会鸣41响礼炮；国会开幕时也会在当天11点08分鸣41响。11月11日的阵亡将士纪念日，会在禁卫骑兵团举行，11点整会鸣放一响，默哀两分钟，11点02分再鸣第二响。

圣詹姆士公园（St. James Park）

看完了精彩的卫兵交接，接着来到皇宫对面的圣詹姆士公园，从大环境来看，这座公园被三座宫殿建筑所包围，一是国会大厦，二是圣詹姆士宫，三是白金汉宫。白金汉宫前的维多利亚女王雕像，是为纪念大英帝国最繁荣时期的景象，周围路口则有象征大英帝国领地的澳洲门、南非门与加拿大门。

这是个热闹不已的公园，不仅游客多，鸟禽和松鼠更多。公园的前身是水沼地，1532年亨利八世将其变成鹿园，兴建了圣詹姆士宫。詹姆士一世大力改善排

* Green Park，亦译为“格林公园”。

圣詹姆士公园的湖上风光

水系统，并在宫殿前修了林荫大道；查理二世时大量种植树木与草皮，并开放公园给大众喂鸭。接着，在建筑师纳什（John Nash）的规划下，将原有的运河变成了湖泊，使公园整体呈现出更宜人的风格。站在湖中的桥上，是观赏公园前后景的最佳角度，可远望泰晤士河畔上的伦敦眼（The London Eye），也可回望白金汉宫。

1873年伦敦鸟类学会赠送了一批鸟给公园，并建造了一栋赏鸟小屋。雁鸭岛是公园里的鸟类聚集地，雁鸭、海鸥、天鹅与巨型鹈鹕都已在此定居，也常有稀有鸟类过境。在岸边观赏巨型鹈鹕，是我最难忘的经验，每天下午三点还有园方喂鹈鹕的表演。

摄政公园（The Regent's Park）

继续往市中心北边的摄政公园走，这一带附近有著名的天文馆和杜莎夫人蜡像馆，伦敦动物园也设在公园北边。广达487英亩的摄政公园，过去是亨利八世的狩猎场，1811年摄政王委请建筑师纳什重新规划，历经二十年才完成，周围有新月形

白金汉宫吸引游客目光的卫兵交接仪式
圣詹姆士公园里最引人注目的就是这几只巨大的鹈鹕

彼得潘雕像

街屋、湖泊、运河、别墅等。而20世纪最大的改变就是多了玛丽皇后花园（Queen Mary's Garden），这座伦敦最大也最知名的玫瑰花园，每年夏天，缤纷盛开的玫瑰花，总是吸引许多人驻足。

沿着公园北缘的摄政运河漫步，也是体验英式运河与船屋的好方式。摄政公园目前也是伦敦最大的户外运动场地，为市民提供了多种运动设备；另有露天剧场，更有许多迷人的咖啡屋与餐厅。

格林威治公园顶可俯瞰皇家海军学院与皇后之屋，远方则是伦敦的加纳利码头办公高楼（左页上）
皇家海军学院之间的广场，圣诞节前会布置成滑冰场（左页下）

格林威治公园（Greenwich Park）

从市中心搭上泰晤士河的交通船，来到格林威治码头，一路走到位于山丘上的格林威治公园。这里有着美丽通透的视野，山脚下几栋著名的历史建筑——皇家海军学院、国立海事博物馆、皇后之屋等，代表了格林威治与皇室的深厚渊源。

爬上制高点的旧皇家天文台，可以眺望泰晤士河畔的办公高楼区加纳利码头（Canary Wharf），甚至远到伦敦市区。天文台外墙上有个二十四小时标记的大钟，这里最著名的就是那一道划分东西半球的格林威治标准时间轴，而 Greenwich Mean Time 也已列入联合国世界文化遗产名录中。

这里是亨利八世的出生地，也是他两个女儿玛丽一世与伊丽莎白一世的出生地。到了詹姆士一世，国王将这里赠送给安妮皇后，皇后委人设计了一栋建筑，就是现在的皇后之屋。

1661 年，查理二世因为对科学有极高的兴趣，成立了皇家学会（Royal Society），该学会以增进自然知识为宗旨，大力推动科学发展。建筑师雷恩则被委托设计皇家天文台，近年来皇家天文台与周围环境正进行全新规划工程，2007 年 5 月首先完成

皇后之屋长廊正有婚礼举行

格林威治标准时区，已列入世界文化遗产

了 Peter Harrison Planetarium——一座高科技天文馆，新颖的现代建筑与其间播放的影片都成了伦敦的新景点。

裘园（Royal Botanic Gardens，Kew）

逛完了伦敦市区的皇家公园，绝不能错过西郊的皇家植物园。创于 1759 年的裘园，原是皇室休闲娱乐的花园，已于 2003 年列入世界文化遗产名录，代表了它举世无双的重要地位。这里是全世界园艺、景观、植物学研究者的朝圣地，园区里搜集了全世界近四万种植物，它们散布在 300 英亩的平坦开阔的人造林和大小温室中，每年可吸引超过一百万人次游客。

园区里的“棕榈屋”兴建于 1840 年，提供了湿热的气候环境，为的是培育来自热带与亚热带物种；更南边有个“大温室”，有来自世界各大洲的植物；“威尔士公主温室”中有各种奇特造型的仙人掌；2006 年新建的“阿尔卑斯温室”则有许多高山物种。温室建筑之外，还有兴建于 1631 年的三层楼红砖建筑裘宫（Kew Palace），其山形墙有点类似荷兰建筑。近年来，园方渐进式的整建工程不断：2006 年完成了园区里有史以来的第一座铜桥 Sackler Crossing，也整建了日本屋 Minka

2006 年完成的当代景观设计元素：Sackler Crossing 铜桥，为裘园的新地标

裘园里的亨利 · 摩尔雕塑大展

House，2008 年又完成了在 18 米高的树梢顶端漫步的新创举 Kew’s Rhizotron and Xstrata Treetop walkway。

裘园里不只有植物与景观，每年冬天，园方还会趁着植物过冬的干枯季节，策划一系列的艺术展览。美国的琉璃大师 Dale Chihuly，英国当代重量级的艺术家亨利 · 摩尔，用琉璃作品和雕塑作品，让艺术与植物自然地对话。此外，绝少机会下雪的伦敦，也热衷营造出人造滑冰场，每年圣诞节前后，大温室前会设置滑冰场，让男男女女老老少少全都沉浸在欢乐的白色世界当中。

伦敦的公园绿地，绝不是单纯的公园绿地；这些地方一年四季都丰富有趣，吸引着伦敦的市民与世界各地的游客。大家不用离开城市，也能享有山林间的自然野趣。

伦敦皇家公园 | www.royalparks.org.uk

Chapter 08

村落 · Village

淹没的村落 | 雷迪包尔 Ladybower

黑死病小镇 | 亚姆 Eyam

希望山谷的蓝约翰 | 卡索顿 Castleton

赶着牛羊进城去 | 贝克威尔 Bakewell

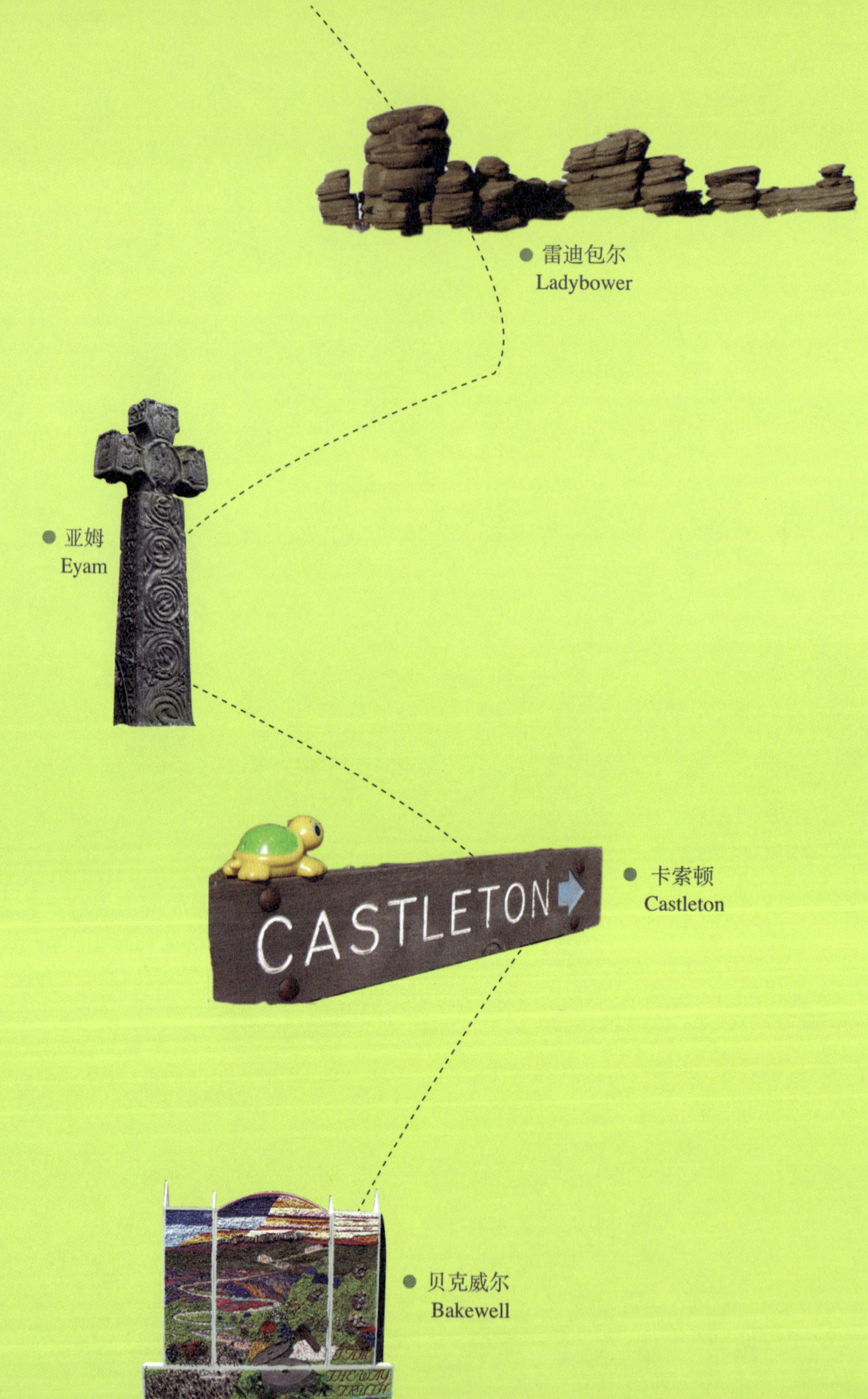
雷迪包尔
Ladybower
亚姆
Eyam
CASTLETON
卡索顿
Castleton
贝克威尔
Bakewell

淹没的村落 雷迪包尔 Ladybower

水库上方最经典的视野，可望尽长条形水库两端与周围的林地和牧地

荒野中的健行客（上）

下山路径上，给健行者、骑单车者、骑马者的指示牌（左）

英国，除了知名的大城之外，最经典的风貌应该就属当地的小城镇与小村庄了，从南到北，从东到西，每个地方都有自己独特的味道；而这些小村庄的组成很简单：一座教区教堂，一条主要商业街，几家茶馆、酒吧、B&B，或者一个战争纪念碑。即使规模再小的地方，都能有许多迷人的故事可说，因此拜访小镇总是多姿多彩，这些也是窥探英国传统与真实生活的地方。

山峰区北边的雷迪包尔（Ladybower）是德文特河中的狭长形水库，也是北山峰区最热门的景点。以此为据点，有无数条精华的健行步道，有湖滨步道，有崖顶步道，也有林中小径，是体验四季“色彩”最鲜明的地方。水库兴建时淹没了两个村庄，老照片上仍可见到小镇教堂被淹没的尖顶，后来因为行船安全而将其拆除。这个水库在二次大战时，也曾是盟军演习轰炸德国水库的基地。

湖滨散步道

第一次拜访这里是初到英国的那个暑假，我们参加了学校的健行活动，一行人沿着湖边平坦舒适的小径，走在诗画般的田园景色中。对于这些迎面而来的湖泊、树林、小径、草地、黑面羊、骏马，以及穿梭其间的健行者、单车骑士、垂钓者，有一种不可思议的感动，也是从这里，开始体会英国人为何会如此热爱健行。

还有一次，则是应英国友人的邀请，号召了十多位台湾同学同行，一起浩浩荡荡搭上 273 路公车。春夏之际的英国，天气好到不行，有时候也热到不行，从国家公园的游客中心 Fairholmes 出发，可来一段两三个小时的轻松郊游路线，也可选择环湖一圈或半圈。爱拍照的我们，不管长距离还是短距离的步道，总是落后队伍很远，因为这里有太多吸引人的画面。

山峰区拥有上千条的健行路线，每个地方的景色、感觉、氛围都不一样，再加上四季的变化，让喜爱户外活动的我们，怎么走都不厌倦。

寻找马车石

这一带荒原上满是石楠（heather），夏末秋初的紫色石楠绝对令人惊艳。从 A57 公路上，即可看见 Derwent Edge 崖顶上著名的马车石（Coach and Horses Stone，又名 Wheel Stone）。从 Strines Road 这一侧往上看，这几块巨大岩石就像三匹马拉着马车的造型，此刻被簇拥在满山遍野的石楠丛中。这个时节来此，就要改称一起去踏“紫”，而非踏青了。

有一回没带地图，凭着感觉往上走，揣测着马车石的方向前进。地势较低的山腰步道上，一直看不到马车石的正确位置，山头又隐匿在雾气当中，凭着直觉走到了 Derwent Edge 上的十字路口，看着东西南北的指标，不知道接下来该往哪儿去，突然发现了马车石就在拐个弯的不远处。

崖顶上最知名的马车石

石楠花海里的单车骑士

此刻风势正劲，这个没有阳光的荒原中，冷得我头痛欲裂又手脚冰凉。分别问了两组健行人马，借看了他们手中的地图，决定往南边这条路下山——这种天气还是下山去吃布丁比较实在，马车石就留待下回吧。不过这满山满谷的石楠，还是让一伙人雀跃不已，没有耀眼的阳光衬托，仍旧带着山峦层叠的梦幻。

下坡时，天空渐渐放晴，阳光也开始露脸，忽隐忽现的阳光泼洒在石楠荒原上，粉紫色的鲜花与金褐色的枯花，反射出一股迷蒙的紫与金。山崖、马车石、石楠、黑面羊之外，更精彩的就是山脚下方的水库 Ladybower Reservoir，两边细长形的水库在此交汇，从高处远望更胜于在岸边的景观。山腰上有片英国国家信托所有的保留地 High Peak Estate-Whinstone Lee Fields，与大自然中其他色块一起交织成一幅最自然的风景画。

一路上除了健行者之外，也有不少越野自行车骑士，撅着屁股在崎岖不平的小径上奋力地踩着。喜爱户外活动的人，大概都有此自虐的倾向吧。

雷迪包尔隆冬之际

又一条黄金路线

英国这个岛屿，果然是看老天脸色过日子的，极地冷空气一股脑儿灌进英国时，好消息是可以驱走大西洋不断飘来的锋面，暂时停止下雨；令人难过的是，北方来的空气会让温度直直落的冷气团。不过，英国人养成了只管阳光、不管温度的能耐，在这里住久了，也得这样适应，因为阳光真的很难得。

再次搭上 273 路公车往雷迪包尔去，只见一整车的老人家，不畏天冷，精神抖擞地也要健行去。乘客全都在水库这一站下车，留下司机一人孤单开往卡索顿。

游客中心前，健行者三三两两经过，各自选择自己喜爱的步道，钻入广大山林中。我们沿着水库北侧前进，这是一条舒适轻松的路线，适合健行，也适合单骑。天空蓝得彻底，秋叶彩得美艳，湖水炫得亮丽，羊儿也进入最肥美待宰的季节；我们也拍照拍得过瘾，一路上不断催赶着对方，“快一点！不要再拍了，等一下赶不上下午回程公车就糟了。”只是，话都还没说完，仍旧不放弃按快门。

这段路走过很多回，这次决定来点不一样的。离开了主要道路切入山坡上的岔路，美景才正要开始。从斜坡步道上不断回望水库与对岸山头，站得越高看得越远，晴朗秋天的景致，绿的、黄的、棕的、红的、蓝的，各种色块巧妙地排列组合，伴着美景一直走上上回没到达的马车石。巨硕的怪岩屹立在冷冽的 Derwent Edge 上，无论远观近看都呈现出不同角度的鬼斧神工。

四个半小时的上山路径，精疲力竭地耗尽身体能量，也耗光了 2G 记忆卡与五颗没用的老电池。下午两点半决定折返下山，因为我还是担心赶不上公车回家。选择了不同的步道下山，看见不远处的 Bamford 村庄，那个小镇有家非常知名的乡村酒吧 Yorkshire Bridge Inn，烤羊腿是道值得推荐的乡村料理。

三点不到，天空的云彩已经幻化成夕阳的颜色，湖面也被阵阵冷风吹出了皱折纹理。下山后在 Ladybower Inn 来杯啤酒，解渴，歇腿，顺便等公车。

累死人的一天，但是身心都非常尽兴——喜欢健行爬山的人，果然是自虐。

后山崖顶步道

还有一回，与伦敦来访的友人，一起顺着马车石继续往北前进，绕过了整个水库的后山一大圈。Derwent Edge 上的强风让人却步，崖边上的风景却也让人不忍却步。这段崖顶健行路线有许多山峰区地标巨石，除了马车石之外，还有 White Tor、Dove Stone、Cakes of Bread，以及常常被国家公园用来做广宣照片的 Salt Cellar。下坡路段可以俯视水库另一侧风景，衬着对岸山林的天然色块，也是一段令人回忆满满的壮阔健行。有了这些美景，再累再冷都值得。

秋天荒野的景色辽阔

山中酒吧

刚到英国不久时，有位学长推荐了山峰区里一家偏僻隐匿的山中酒吧。从那之后，不管是自己贪嘴，或是朋友聚餐，或是健行之后的饱餐一顿，或是朋友、家人来访，想到的总是这家山中酒吧里的“巨型约克布丁”(Giant Yorkshire Pudding)。

这家绝对英国风的乡村酒吧，一来可以品尝到算是英国“美食”的食物，二来周围有山峰区荒原的宜人景致相伴。从A57公路转进往Strines Moor的产业道路，接近酒吧前有个小水库，这里是谢菲尔德的饮水源头；水库旁有个荒废的塔楼与遗世的庄园，当然还有绝对不会缺席的羊群、马群、牛群；道路上偶尔还有几只野兔飞奔而过。这里一年四季呈现的景象截然不同，尤其以冬季白雪皑皑时的壮丽最为难忘。

这里地处偏僻，平日没有公车直达，如果没有自己开车，就得等到周日，先搭电车到谢菲尔德北边的Hillsbrough，再转搭假日乡间小巴士前往，还得算好回程时间，不然就等着被困在山里过夜了。

这栋荒原中的古老石屋，店名叫Strines Inn，除了一楼的餐厅与酒吧之外，二楼也经营B&B。店里的简介上说，建筑物的历史始于1275年，目前的外观改建于1550年，是一栋非常典型的乡村建筑，一旁则有动物农场，放养一批孔雀。孔雀平时悠闲地在周围散步，偶尔飞上屋顶或树梢，当然也会飞上户外餐桌啄食客人留下

Strines Inn 传统的英国乡间酒吧风格（左）
外头白雪皑皑的冬季景象，Strines Inn 在荒原中提供了温暖的火炉与热食（右）

Strines Inn 是一栋传统农舍，周末聚集了各种古董车

Strines Inn 知名的约克布丁，上为小布丁，下为大布丁

的食物。

复古的室内空间，有低矮的木造天花板，黑条白底的木结构上，挂满了富于装饰性的铜制锅碗瓢盆，屋内餐桌椅上的使用痕迹则代表着它的年岁。吧台旁有个巨大火炉，冬季时，刚从外头的冰天雪地进屋来，大伙儿一定会先来炉边烤烤火，暖暖身子。这家远近驰名的酒吧总是高朋满座，尤其周末得算好用餐时间，不然需等候多时。夏日天气晴朗时，户外座位更是英国人享受阳光的好地方，欣赏山野美景的同时，来一杯沁凉的啤酒或一杯香醇的咖啡，幸福无比。这家酒吧也曾出现在英国电影 *Heartlands* 当中，屋里屋外的戏份都不少。

店里的招牌菜是 Giant Yorkshire Pudding，巨大香脆的饼皮中间，填满了各式蔬菜，上面铺着烤过的肉类——可以选择烤牛肉、烤猪肉或烤香肠，再淋上特制的神秘酱汁，的确是一道美味又饱足的英式料理。这应该是我们日后离开英国，唯一会想念的美食吧。当然，一定要配上一杯浓郁的爱尔兰黑啤酒（Guinness）才过瘾。

山峰区国家公园｜ www.peakdistrict.org

黑死病小镇 亚姆 Eyam

古老的 7 世纪盎格鲁撒克逊十字，现在名列英国一级古迹（上）
1351 年爱德华三世规定每个小镇需设置 1 个 Stocks，违反规定者会被处罚绑在这里 6 小时（左下）
亚姆教堂里的古墓（右下）

英国小镇风情与传统的红色电话亭与邮筒

12 月初的一个周日早晨，窗外气温 4.5℃，心不甘情不愿地钻出温暖被窝，拉开窗帘往外瞧，天空清澈呈蓝紫色，整个人马上清醒了过来。这是个不可多得的摄影天，也是个适合出游的大晴天，等了好几日，终于可以暂时告别阴霾，出外透透气。冬昼是如此短暂，当然得把握良机。但是无车族临时起意的旅程能去哪里呢？对于位于奔宁山脉山脚下的谢菲尔德，最方便抵达的，就是山峰区国家公园，那里头有千百条健行路线与无数小镇，就随意吧。

我们从家里快步走了二十分钟到达谢菲尔德公车站，此时太阳也快出来了。看到眼前一部 65 路公车，写着去往 Tideswell，就快发车了，连忙跳上，每人买了 4 英镑的 Day Return Ticket，还没坐定，车子就发动了！心中突然一阵感动：英国的大众运输工具竟会如此准点！就这样，我们展开了第 N 次的山峰区探险之旅。

感动依旧

大概因为天冷吧，车上没几名乘客，清一色都是老人家，年轻人此刻应该还在

拜访小镇记得来杯英国下午茶

周末的宿醉中。公车在谢菲尔德市区一站收集了各路精神抖擞的健行者——有带狗的，有背大背包的，有带露营装备的，有带攀岩器材的，不一会儿工夫，整部车已座无虚席。旁边坐了一位七十几岁的老太太，跟她寒暄了几句聊天气——英国人聊天气是最保险的话题。她一身专业行头，独自一人而且不拄登山杖，计划前往 Fox House Inn 附近健行。

车子行进了约莫二十分钟，进入了国家公园区域，这里有高纬度特有的蓝天、清澈的空气、刺眼的太阳、可怕的紫外线指数，大地颜色浓艳得如此不真实，尚未被阳光照射之处，则是一片雪白。这是前一晚结霜后的景象，连路旁的汽车都被一层薄薄的冰霜包覆，好似包着保鲜膜，只见有人用冰刀刮玻璃，有人用热水融化冰霜，一边浇水还一边冒烟。

虽然嘴里总是说“怎么又来 Peak 呢？”但是，山峰区的四季、晨昏、阴晴、雨雾等各种变化，总是让我们在同样的地方有完全不同的感受。而美景总是以不同形态出现，每当看到石楠丛、岩石、荒原、干式砌墙、撒克逊石屋、牛只、羊群、

亚姆教堂（The Parish Church of St. Lawrence）里埋葬着黑死病的故事（上）

教堂上 18 世纪的日晷（左下）

小镇上的房子前，有不少这样的标示，记录黑死病的历史（右下）

枯枝及穿梭其间的健行者彼此所交织出的山峰区景致，心中又会感动赞叹良久。有本书中说，离乡的英国人心目中永远的乡愁，就是眼前所看到的这幅传统乡间画面；而在岛上的英国人，也莫不处心积虑想要逃离都市，在乡间买栋小庄园或买座小农场，过着与大自然为伍的恬静生活。

Tideswell

沿路尽是健行队伍、自行车队、越野车队、重型机车队，还有为数不少的骑马人士走在山中小路上。礼让的英国驾驶人，只要遇见路上的马匹或是自行车，一定自动减速慢行，尽可能不惊动马匹，避免马儿失控造成意外。经过一个小时，终于到了公车终点站 Tideswell，小镇里有号称山峰区最古老的浸信会教区教堂（Baptist Parish Church）。教堂在 12 世纪时就已矗立在此，周围斑驳的古墓与高大有型的枯枝，是教堂的最佳衬景。Tideswell 整个村落分布在斜坡上，房屋错落有序、高高低低地散布在一条主要道路上。

封存黑死病

逛完了 Tideswell，决定再往不远处的亚姆（Eyam）转转。好不容易等到一辆开往亚姆的小巴士，但是与手中持有的车票属不同巴士公司，尝试着上车问问，没料到亲切的公车司机说“按照公司的规定是不行，但是按照我的规定是可以的”。这就是英国人可爱的地方了，充满了各种弹性，此刻如果换成了一板一眼的德国人，一定行不通吧。

这个山中小镇为人称颂的就是在英国黑死病期间，牺牲小我完成大我的事迹。话说 17 世纪中叶，欧洲黑死病（Plague，The Black Death）肆虐，整个欧洲疫情蔓延严重，英国因为有海洋隔绝，死亡人数较欧陆少，但是 1665 年伦敦地区也爆发大规模疫情，死亡人数超过六万。亚姆有住户从伦敦回乡，在一捆布料中将鼠疫带到这里，成为整个地区第一个案例；陆续有人死亡之后，当地主教及居民决定自行封村与外界隔离，以避免鼠疫继续蔓延；最后黑死病因此封锁在亚姆内，保全了邻近地区的其他村落，仅 359 人的小镇亚姆死了 290 人。现在在许多户人家门口还可见到与黑死病相关的纪念文字，“这户是幸存者”，“这户是第一个死亡者”，等等。

小镇的传统石屋

鬼影幢幢的 Eyam Hall，是小镇最知名的建筑

村庄教堂里也有年代久远的盎格鲁—撒克逊古老石碑与古墓，这里也是多条健行路线的起点，周末假日总吸引许多人前来，小镇茶馆的里里外外总是满座。街道上遛狗的遛狗，遛小孩的遛小孩，健行客一群一群经过，轻松愉快的画面。这时候，哪有人理会黑死病！

完美句点

下午三点半，天空火红一片，此刻已是日落时分，最后一班公车准时来到。竟是跟早上同一位司机，一上车他先说了“真高兴再次见到你，今天还愉快吗？”连票都不用查了。小地方总是特别温暖，有人情味。车子上路后，车上一对夫妻发现了窗外一轮满月高挂天空，要同车的大家赶快转头看。蓝紫色的天空衬着又大又圆的明月，为这一天谱上了完美的句点。虽说月是故乡明，但是高纬度的月亮，因为地球角度，因为天空清澈，视觉效果的确是更大更皎洁。

小镇的 Market Hall

公车沿路又将早上那一班的乘客一一收回，我们又遇上了那位老太太。山峰区，就像我家的后花园——常常天气好，就跳上公车，心情不好，也跳上公车。这里，有我们英国旅居岁月中最深刻最富生活味的记忆。

山峰区国家公园 | www.peakdistrict.org

从城堡上眺望希望山谷的景色（上）
往卡索顿的健行指标（左下）
健行步道风景（右下）

希望山谷的蓝约翰

卡索顿 Castleton

迈出山峰区国家公园健行的第一步，是在刚到英国后不久，地点就是卡索顿。那一趟与韩国同学小韩妹同行，不能称得上是真正的健行，只在小镇方圆一英里内的范围散步闲逛。时值暑假，卡索顿各个著名的洞穴之旅都大排长龙，我们只得在洞口张望便离开。不过，那一回爬上了 Peveril Castle，可以从至高点俯瞰整个小镇风情，绵延的希望山谷（Hope Valley）也尽在山脚下。山峰区的印象从那一刻起就深深地烙印在脑海里，至今仍眷恋不已。

记得那是 8 月最后一个星期一的 Bank Holiday——英国的三个 Bank Holiday 国定假日之一（另外两个则是 5 月的第一个和最后一个星期一），那时候网络上的旅游资讯还不够齐备，手边搜集的旅游资料也不够详尽，出发前一天还特地到谢菲尔德的公车中转站（Sheffield Interchange）查看公车时刻表，以确定假日是否发车，因为英国假日的公共运输多半减班营运。

Sightseeing Bus

早上九点，公车准时发车。来了一部双层巴士，可以想象出这是一条宜人的路线，所以我们坐在视野最好的上层第一排，就像坐着观光巴士一般，一路享受着山峰区的开阔荒原。这也是我们搭乘公车到山峰区的初体验。

沿路一望无际的绿色坡地上，放牧着无数的羊群、牛群与马匹，公路狭窄但坡度和缓。车子途经几个小镇，弯进了布拉德威尔（Bradwell）绕一圈；连自用小客车都嫌窄的路，双层巴士竟能安然穿越，我们几乎贴着街屋二楼的窗户前进，司机技术果然了得。这里有家以小镇命名的百年历史冰淇淋品牌 Bradwells，也是山峰区的特产之一。

在天气好的夏季，山峰区周末假日总是满满的游客，沿路的 B&B 门口都挂着“客满”的牌子，连路旁几个超大型露营地都停满了露营车，挂满了帐篷。小韩妹说：“我终于知道为什么假日的市中心都没人了，全都跑到这里来了吧。”当时刚到英国，很难从台湾都市的热闹周末中转换到英国都市的寂静周末，这里的周末，商店是不太营业的。六年后的今天，英国的商业形态已有大幅度的改变，商人也懂得在周末开店做生意了。

卡索顿街上一家又一家的纪念品店与茶馆

蓝约翰宝石

车行约五十分钟到了卡索顿。对于英国游客来说，早上十点早了一点，只有三三两两的健行客。主要街道上满是纪念品店，因为此地盛产一种蓝紫色、不规则花纹的半宝石 Blue John，以前用来制造贵族家里用的花器、摆饰或首饰。现在店里卖的以首饰为主，价格不菲，这感觉就像我们去花莲，店里都卖大理石，去澎湖，大家都卖文石一般。

在主街街尾看到一家卖 Bradwells 冰淇淋的小店，马上买了一球试试，果然是香浓好滋味。后来才发现，原来各大超市里就有一大盒一大盒便宜出售，不用千里迢迢到山峰区来吃。

好不容易找到了很不起眼的游客中心，空间极小，进去五个人就快满出来了。里面陈列一些简单的纪念品、地图、历史书籍等，满足游客需求。其中尤其以山峰区的健行书籍与地图为大宗，对于热爱健行的英国人来说，这是绝对必要的商品。非常简约的经营模式，也增加国家公园的营收。商店的整体感觉、建筑物外观、商店招牌，都不像台湾国家公园游客中心那样豪华夸大，就只是当地一间民居改建的，更能与环境融合。

诺曼公爵的城堡

逛完小镇，走上陡峭的小路来到卡索顿最知名的 Peveril Castle。这是 1066 年，诺曼人统治英国时所建的城堡，位置居高临下，易于观察四周动静，现在则易于观景。城堡由英国古迹保护协会管理，门票收入作为修缮管理的经费来源。这个组织在英国境内管辖许多重要的历史建筑物，拥有众多的会员，非会员门票通常不便宜。如果常住英国，对于自然生态与历史古迹又有浓厚兴趣，办一张 National Trust 和一张 English Heritage 会员卡，绝对超值，还能收到不少实用的资讯。

陡峭的“之”字形小路，走起来很费力；城堡现在只剩下基座废墟，一座仅存的塔楼又正在整修中；还好这里的视野，马上让人忘了这个小小遗憾。希望山谷的景观，有牧草坡和石围篱，以及点缀其间的树，加上一群群慵懒的马、乳牛、黄牛、黑面羊和白羊。城堡周遭没有任何多余的人工设施，只有最简单的绿色草坪，摆上几张木椅，完全不侵犯这里该有的自然与景观。台湾的国家公园，只要多了点预算，非得大肆添加许多不必要的人工设施，盖出最豪华的管理处、最大的游客中

诺曼城堡遗迹

心、最气派的警察小队，钱总是花在最不该花的工程上，反而最该注重的研究部门永远苦哈哈。

假日的城堡上有位解说员，一副中古世纪骑士的装扮，带着剑与盾，跟游客解说这里的历史，很随性，很自然，也很舒服。回忆着自己学生时，也曾在新中横塔塔加、南横梅山、花莲南安，带着满腹热情，义务为游客解说；能在那样的环境中，参与大自然、分享大自然，是最幸福的经验。

大排长龙的石灰岩洞

卡索顿这一带隐藏着许多地下的石灰岩洞——洞穴之旅是山峰区热门的行程之一,一个个天然洞穴，成了游客参观的景点，费用可不便宜。原本打算选择其中一个可搭船参观的 Speedwell Cavern，想象在洞穴浮流上搭船，应该是很新奇的体验；无奈洞口前大排长龙，赶公车的我们最后还是放弃，下回再来吧。

第一次下午茶

走回小镇中心，已经下午三点多。观光客们挤进一家家纪念品店，早上门可罗雀的餐厅与咖啡馆，这时一位难求。找了家有户外庭园的茶馆，我们体验了在英国的第一次下午茶。在乡间当时一壶茶只要 0.8 英镑，外加一壶热开水、一杯牛奶与白糖，可以在花园里跟朋友东南西北地聊；再来个英式松饼 Scone 或是一块维多利亚海绵蛋糕，就是最悠闲的午后。英国人，其实每天就是这样过生活的。

走了一天的路，搭乘下午五点钟的回程公车，上车前又忍不住再买了一球太妃

城堡上中世纪骑士打扮的解说员，正生动地说着故事

小镇里的 B&B

糖口味的冰淇淋，结束了一天愉快的踏青之旅。从那次之后，我们疯狂爱上了周末假日搭公车到山峰区的各个小镇走走，也这样开始了英国的健行之路。

卡索顿广场上的战争纪念碑与红色的罂粟纪念花园（上）
小镇民居（下）

第二次的小镇风情

第二回来访，邀了一群台湾同学同行，目的是纯粹的健行。

距离谢菲尔德仅16哩（约25公里）的卡索顿，是个要塞型的中世纪小镇，位于希望山谷最西境。这一带的起伏地形，创造出独特的地景，有股动感的野性美，不同于山峰区其他小镇的恬静风光。

从公车站走来，穿过镇上的市集广场；从广场出发可以登上小镇地标 Peveril Castle，也可以前往 Cave Dale 的健行步道。广场中央有一醒目的战争纪念十字架，基座周围总会有鲜红的罂粟花圈，这是英国人对于战争追思的表现；一旁则有小镇居民在一次或二次世界大战中的战士名录。英国的大城小镇都可瞧见这样的风景，只是，既然知道战争的残酷，又何必如此好战呢？

Cave Dale

从广场边穿越民宅间的狭窄巷弄，进入了 Cave Dale。石灰岩地形的深凹山谷，铺上一层厚厚的绿草地，宛如绿色地毯般。两侧是看起来相对高耸的山丘，右边陡峭的岩壁

卡索顿是国家公园里地形变化较多的地方

上即是 Peveril Castle，路径随着山谷的自然地势前进，两侧不断出现或深或浅的凹洞。这一段不算平缓的粗石步道，走起来不像山峰区其他步道那样轻松，山谷的部分路段，形成了浅浅的清澈小水流，我兴奋地直往水里踩。我独钟情于这样的崎岖路线，越是崎岖越是有趣，最好能再拉着绳索上上下下。可惜英格兰大概找不到这样的路径，有时候也挺怀念台湾中级山的挑战。

地形地貌颇有变化的 Cave Dale，相传是地下洞穴崩塌所形成的山谷，而现代的地理学家则倾向于相信是冰河时期的痕迹。

Peveril Castle

位于陡峭山壁上的 Peveril Castle 废墟，两旁延伸出依稀可见的围墙。城堡的战略地位极优，建于诺曼人征服英国的年代，是为了守护君王的狩猎地 The Royal Forest of Peak，也是为了保护附近的铅矿场。上一回只见到被鹰架层层包围的城堡塔楼，这回终于瞧见了它的真实样貌。

我们在这一英里不到的路程上耗掉了大半的体力与时间，只好先找个地方歇歇腿。走上比城堡还高的山坡，与一旁的羊粪为伍，啃着自备的三明治补充体力。早晨的浓雾渐渐散去，希望山谷的轮廓则慢慢浮现，远方明显的 Win Hill 和 Lose Hill 也隐约可见，一幅舒畅清新的乡野风景。

混血牛

啃完三明治，继续沿着 Limestone Way 前进，一望无际的宽阔草原，除了草坡就是石墙。遇到 Rowter Lane 之后右转，仍是大片大片的农场与牧场。接近 B6061

难得一见的白带牛

道路时，经过了一座巨型露天采矿场。

远远地即发现路旁的草原上，有几头不寻常的牛只。肚皮有一圈白色腰带的牛，模样煞是可爱。这是苏格兰Galloway品种与荷兰腰带牛（Belted Cattle）的混血儿，1921年正式注册为“Belted Galloway”。混血儿总是长得比较俊美吧，据说这种牛多半拿来当作牧场里的装饰动物，还有这种功能的牛只！其中有一只特别反常，白色腰带硬是缺了一角，没有混好。

Winnats Pass

从Rowter Lane右转到B6061之后，一直沿着公路走。其实这段路不该走在公路上，不过经过几个小时的高温，大伙儿都快投降了，只好撷取最短路径的“公路”。途中穿越了著名的Winnats Pass（winnats是风口的意思），两侧的山势突然变得陡峭，坡度达到1：5。这奇特地形的由来，传说也是地下洞穴崩塌所造成的山谷，但现代地理学家相信，此处在三亿五千万年前是深海里的海沟，因为此地发现了许多石炭纪的珊瑚礁。不是地质系、地理系、考古系的我们，没有欲望探究这些深奥的学问，只想用最简单的心情来享受美景即可。

下午四点，终于回到了人潮如织的小镇，茶馆几乎家家客满，冰淇淋店更是生意兴隆。国家公园的游客中心已经不是两年多前那栋简陋的临时小屋，新盖的建筑物仍与周围的旧房子没有太大差别。这是英国建筑的特色之一，一栋三年的新房子和一栋三百年的老房子摆在一起，很难发现其差别，融合得很好。新建的游客中心里多了许多解说教育的展览。

我们依着两本山峰区指南上的推荐，来到公车站斜对面的Ye Olde Chesshire Cheese Pub，想要尝尝他们的约克布丁。结果，干硬的烤牛肉、单调的蔬菜、焦黑的布丁饼皮、不浓也不香的肉汁……只能说，约克布丁还是要指名Strines Inn，旅游指南的推荐，很多时候真的需要打点折扣。

卡索顿｜ www.derbyshireuk.net/castleton

赶着牛羊进城去 贝克威尔 Bakewell

贝克威尔的小镇悠闲风

Wye 河岸边成群的水鸟，背景为小镇最知名的石桥

山峰区首府贝克威尔，许久以前是山峰区当地的牲畜交易市集，现在也仍有小规模的牲畜交易，路程距谢菲尔德约五十分钟，也是连接英国东西交通的中转站，更是山峰区里最热闹的城镇。当然，这里的旅店、纪念品店、餐食店、传统布丁店、生活用品店、超市、假日市集、旅游资讯等等皆丰富多样，除了主要道路上各式商店林立之外，隐藏在店后的曲折巷弄中的，也是一家接着一家的迷你商店，非常有机地错落其间。寻宝式地逛街，正是游历英国小镇的趣味之一。

虽然号称是山峰区最大的城镇，其实范围也不算大，几条街很快就可以逛完。以这里为起点，有无数条健行步道；或者，由这里转往周围其他小镇也很便利。

镇上有家著名的旅馆 Rutland Arms Hotel，是英国女作家简·奥斯汀当年写作《傲慢与偏见》时所引用的场景之一，据说她也曾在此留宿。

小镇有条 Wye 河流经，河边散步道常聚集游客。清澈的溪流里，除了鱼儿悠游其中，河面上还有水鸭、雁、天鹅、红冠水鸡、白冠水鸡，好不热闹。有的缩头缩脚打盹儿，有的追逐戏水，有的正向游客乞食，有的则在岸边筑巢。河边没有人工护栏，尽量趋近原始自然的样子。英国乡间的溪流，没有水泥护坡和拦沙坝，更没有水泥河床；而在台湾，连在最原始的兰屿岛上，小野溪都得遭受最残酷的待遇，披上一层又一层的“孔固力”*外衣。

小镇里远近驰名的糕饼店 The Old Original Bakewell Pudding Shop，售卖一种当地的特色甜点 Bakewell Pudding，相传这个甜品是 1860 年因为做法出错而意外发现的好滋味，成了这里的名产。糕饼店一楼经营当日新鲜烘焙的面包糕饼与各类食材，二楼则是传统的英式茶馆。除了 Bakewell Pudding 之外，其他糕点也都值得尝试，尤其 Scone 附上特制的新鲜奶油，更是不容错过。

神秘古老的饰井节

山峰区范围内，属于德比郡（Derbyshire）的小镇每年春夏之际有项特别的传统习俗——举办饰井节（Well Dressing）。所谓饰井节庆，就是用一块块美丽的饰板装饰镇上每一口水井。

这个神秘而古老的传统仪式，可远溯至石器时代，或者更早；后来因教会禁止对“水”、“泉”或“井”做祭仪而停止。一直到 1349 年，这项古老的仪式才又在山峰区 Tissington 小镇复活，后来陆陆续续每个小镇又恢复了这项节庆。

人们用象征生命意义的“新鲜植物”来装点泉或井，每年活动开始前一周，大

小镇圆环边的花园绿地，春夏之际有许多鲜艳的花朵盛开

小镇风情的画面就像英国的小说与电影般

* 孔固力，concrete，混凝土之意。

贝克威尔最知名的茶馆（上）一杯茶与一份 Scone，就是最美味的下午茶（下）
知名老茶馆的传统内装（右）

约有二十位居民受邀一起创作，当然所有人也可以帮忙或参与，以现代的观点，就像是一种“社区参与活动”。作为底板用的大块木板，须放置在水中浸湿几天，吸收足够的水分，并让泥土均匀附着在上头。接着，当地居民，特别是女性，被指派进行彩绘上色的工作。她们把事先收集的新鲜花瓣、种子、谷物、叶片、树枝、球果等各种自然素材，拼贴在木板上。

繁复的图案创作及花瓣拼贴工作完成之后，再经过祈祷的仪式，就会被放置在村里的泉水或井附近供人参观。这些美丽的图案通常来自圣经或圣人的故事，也会出现现代的特别纪念节庆，例如女王就职五十周年的主题。题材没有特别限制。每个小镇制作的方式也稍有差异，这段期间他们总会相互交流、参观、鉴赏。只是，耗时费工制作的饰板，仅能保存约一星期，因为附着水分的泥土会渐渐干枯，出现裂缝，新鲜的花瓣也会渐渐褪色或凋谢。这种自然原始的节庆，年复一年。

贝克威尔的饰井节饰板，比起其他小镇多了几块，分别放置在小镇的各个角

春天的饰井节，以国家公园景观为题材的饰板

以贝克威尔风景为主题的饰板

落，可循着简陋的指示 找寻，每年我们也抽空到不同小镇去参观比较。不过，当地人也开始担心，这项传统活动日渐凋零，因为年轻一代对于繁复的创作与拼贴工作似乎越来越没兴趣，最重要的，对于联系情感的社区工作也越来越少参与。

贝克威尔｜ www.cressbrook.co.uk/bakewell.htm
The Old Original Bakewell Pudding Shop ｜ www.bakewellpuddingshop.co.uk

Chapter 09

教堂 · Church

小村庄与大教堂｜伊利大教堂 Ely Cathedral

皇室规格｜剑桥国王学院礼拜堂 King’s College Chapel

伊利大教堂
Ely Cathedral

剑桥国王学院礼拜堂
King’s College Chapel

小村庄与大教堂

伊利大教堂
Ely Cathedral

教堂内部的西北面墙上名为 The Way of Life 的现代雕刻，
是 2001 年新添的艺术品

从剑桥往北，接上A10道路，约莫半小时即可来到伊利（Ely）小镇，公路两旁尽是东盎格里亚（East Anglia）的平原风光。剑桥郡一带的沼泽地于17世纪时经过了重大的排水工程之后，现在已变成了英国的农业重镇。这里离北海不远，也是重要的鸟类保育地；海岸沿线有许多英国皇家鸟类保护协会（RSPB）的保护区。这一带更有英国不常见的荷兰式风车与大片薰衣草田。

到访小镇的旅人，多半是为了这座不成比例的大教堂而来，我们也是。伊利自古原是沼泽上的岛屿，附近有许多鳗鱼（eel），相传修士们当年是以鳗鱼来缴税，因此被称为“鳗鱼岛”，这就是Ely地名的由来。以伊利的人口数来算，仅有1.5万人左右的小镇，是英格兰人口第三少的城市。事实上，这里是先有了大教堂，然后才有沿着大教堂发展起来的小镇。当初属于圣本笃修会的修士们，一心只想盖一座雄伟崇高的教堂来礼赞他们心中的神。因此，教堂在沼泽平原上犹如一艘船舰，又有“沼泽上的船舰”（Ship of the Fens）之称。视野好的时候，在好几英里之外，即可看见教堂高塔。

教堂的东立面

融合不同时期建筑样式的教堂西立面

英国的教堂有许多层级，有 Minster、Cathedral、Abbey、Church、Parish Church 等区别。Cathedral 这个词是从拉丁文 Cathedra 而来，意指主教座椅所在的教堂，也就是掌管当地教区的教堂。

伊利大教堂的历史，可回溯到英国的盎格鲁撒克逊年代。最早的建造者 St. Etheldreda 是 630 年出生的撒克逊公主，673 年在此地建造了修道院给修士和修女，679 年她死后也埋葬于此。修道院繁荣了二百年之后，870 年因为丹麦人入侵而遭破坏，后于 970 年重建。之后的几个世纪，St. Etheldreda 的圣骨，一直是中世纪信徒们朝圣的对象；到了亨利八世宗教改革时，圣骨遭到毁坏，现在仅剩一块石板标示它原来的所在位置。大教堂里可见到这位撒克逊公主的雕像。

而今天所见到的大教堂则是 1083 年重建的，浩大工程直到 1351 年才告完成。然而亨利八世在 1539 年脱离天主教之后，下令解散英国所有修道院，并毁坏了许多雕塑与彩绘玻璃等珍贵物品。所幸教堂建筑仍完整保留，1541 年由圣徒们重新整顿作为学校之用。教堂的整建计划一直到 18 世纪才开始，前后经过三次大规模的

繁复精致的雕刻，是世人献给神的崇敬（上）
大教堂中的 St Catherine's Chapel 是私人祷告席（左页）

整修；最近一次的整修则是从 1986 年一直到 2000 年才完成。它是英格兰非常知名的大教堂，每年约有 25 万名访客。

站在大教堂里，人显得特别渺小，也突然变得平静，这是宗教建筑给人的感受之一，如此你才能谦虚地看待自己，臣服于神的旨意之下。这座大教堂的规模显然比一般大教堂更大，从外观看来像个稳固的诺曼式城堡。大教堂总面积 4273 平米、长 165 米、中殿天花板 32 米高、西塔 66 米高。脚力好的话，爬上 288 个阶梯登上西塔，可以看见附近的平坦沼泽与小镇风光。

中殿之外，14 世纪加建了圣母堂（The Lady Chapel），而教堂里最精彩的部分则是八角塔，八角塔下方的十字形翼廊是整座教堂最古老的部分。无论是仔细欣赏教堂里各个角落的宗教艺术，还是坐在祷告席间静思默祷——幸运的话还可以碰上

教堂的北侧外观，中间最高处是教堂最精彩的八角塔（上）
气势雄伟的教堂中殿（右页）

牧师祷告或聆听诗班席诗歌，或是参加教堂导览解说团、参观教堂里的彩绘玻璃博物馆（The Stained Glass Museum）、游逛教堂纪念品店、坐下来喝杯咖啡，每一种都是体验教堂空间与氛围的途径。

除了教堂本身，小镇的发展也与多位英国历史名人相连：入侵的丹麦卡努特大帝（King Canute）、反对诺曼征服者威廉的盎格鲁-撒克逊领导者赫里沃德（Hereward the Wake）、征服者威廉（William the Conqueror）以及最著名的英国清教徒革命领袖克伦威尔（Oliver Cromwell）——他的住所现在被改成了小镇的旅游资讯中心。

近年来，英国国内旅游非常热衷追寻电影的拍片场景，入镜的小镇或景点靠着影片知名度，再度吸引访客前来。这座教堂也分别在英国电影中出现了两次，一部是 2007 年的《伊丽莎白：辉煌年代》（*Elizabeth: The Golden Age*），一部则是 2008 年的《美人心机》（*The Other Boleyn Girl*）。英国处处是拍摄古装片的场景，几乎不需刻意搭建或改装，需要什么年代的场景，都能在现实生活中找到；尤其这些中世纪的教堂，更是导演的最爱。

离开了“很观光”的剑桥，来到伊利，反而让人觉得无比舒畅、闲适。没有压力，没有过多游客，没有可怕的物价，这里和善到连停车费都免了。流经小镇附近的 River Great Ouse，是剑桥大学划船代表队于每年参加伦敦泰晤士河举办的牛津剑桥划船赛的模拟练习河道，常有机会见到大学生们在此奋力练习。

伊利离伦敦 115 公里，离剑桥 25 公里，之间往来的火车与巴士都很频繁。雄伟崇高的中世纪大教堂，秀丽朴拙的小镇风光，生活化的市集与商店，更有说不完的历史故事——是个值得一访的小镇与大教堂。

伊利大教堂 | www.cathedral.ely.anglican.org

伊利大教堂内，可以看出不同时期的建筑风格

礼拜堂最精彩的莫过于扇形拱顶与四周的大面积彩绘玻璃
皇室规格
剑桥国王学院
礼拜堂
King's College
Chapel

多次拜访剑桥，如果能避开假日拥挤的人潮，这的确是个非常吸引人的大学城。与牛津城过度的商业气息与车水马龙的街道相比，这里更具学院气质，或许是那条蜿蜒惬意的康河，还有河上撑篙的人们，让这里更符合我们对于英国古典学院的浪漫想象。

剑桥的三十一所学院建筑各有特色，拜访此地，无非就是钻进一栋又一栋的学院建筑中，看着学院纪念一位又一位影响世人的伟大科学家、文人与各领域研究者，这里可是有全世界大学中最多的诺贝尔得奖者。不过访客也得很低姿态地看校方脸色，这里不是任何时间都开放参观的，进入还得付出不少代价。学院每年得应付来自世界各地的350万游客；门票与参观时间的限制，保障了学院学生与学者们在某种程度上不受游客干扰。

城里最知名的建筑群非国王学院莫属，而国王学院里最醒目的建筑则是国王礼拜堂。不管从学院正门看东立面，或者从康河对岸远观西立面，礼拜堂在视觉上，被绿草地周围严肃理性、风格各异的学院建筑簇拥着，在优美的天际线上要察觉出它的独特性一点也不难。

从康河这一侧看国王学院建筑群，右边的建筑即是 Gibbs' Building

外观简洁有力的长条形建筑，是晚期哥特样式中的垂直式（Perpendicular）。建筑的南北立面各有十二面彩绘窗，短边的东西两面也各有精致的彩绘玻璃，是当时世界上尺度最大也最讲究的彩绘玻璃之一。国王学院创建于1441年，由亨利六世主导，除了有教育、宗教、研究等基本用途之外，国王想要盖出能展现皇室权力与财力的宏伟建筑群。学院一开始有一位院长和十二名学生（代表十二门徒），最后扩张成七十位学生的规模（代表圣经中的七十位福音传播者），他们皆来自伊顿学院（Eton College）。亨利六世特别强调，学院建筑的尺度与华丽，只能超越之前的伊顿学院，因为这是“国王”规格。

不过，尽管亨利六世立下了宏大远景，与当时其他的重要建筑一样，国王学院仍经过了一连串的纷纷扰扰，包括玫瑰战争与王位争夺，兴建过程中的预算也时有时无。在经过一世纪之后的亨利八世时期，才完成了整个计划中的礼拜堂，而礼拜堂的建筑也一如其名，“非常国王”的建筑，也是欧洲非常精致讲究的中世纪晚期代表作品。

国王学院旁的康河，是剑桥的象征

国王学院的守卫室建筑 Porters' Lodge

礼拜堂建筑为晚期哥特样式，从外观上来看或许与哥特建筑无异，但是一踏进细长挑高的内部空间时，不禁会屏息凝视那巧夺天工的大尺度扇形肋拱顶。以今日的营造技术，还是无法想象当初那个全倚赖人工雕琢的年代，这些精细对称的优美结构究竟是怎么来的。除了全世界最大规模的精细扇形肋拱顶之外，四周围大面积的彩绘玻璃，也是艺术与技术的完美呈现。透着天光，端详着一个个圣经里寓意深远的故事，是教堂建筑中既神圣又特别的体验。礼拜堂里有幅鲁本斯（Rubens）1634 年所绘的名画 *The Adoration of the Magi*，也是其中的参观重点。此外，国王学院礼拜堂的唱诗班也非常知名，成员由学生及邻近学校的学童所组成，除了定期在教堂里歌颂之外，也在各地巡回演出，甚至录制诗歌专辑。

现在，礼拜堂除了宗教用途，还是很棒的音乐会场地，也借给学院举办重要演讲或重要活动。当然，更是满足了世界各地前来朝圣的建筑学子与观光客。

国王学院中，除了礼拜堂之外，之后增建的知名建筑还有 1724 年以建筑师 James Gibbs 命名的 Gibbs' Building，以及 19 世纪初期由 William Wilkins 所设计的国王学院守卫室（Porters' Lodge），他同时还设计了餐厅（Dining Hall）、图书馆与宿舍。因此，拜访剑桥的三十一座学院，在时间有限的情况下，可得非常地有计划，一座国王学院就可让人流连驻足至少大半天。

国王学院礼拜堂 | www.kings.cam.ac.uk/chapel

访客臣服于此精湛的神性空间（左页）
礼拜堂是哥特式晚期垂直式的经典代表（左）
礼拜堂内部的空间设计也是垂直式的典型（右）

Chapter 10

城堡 · Castle

爱德华一世的防线｜北威四堡 Castles and Town Walls of King Edward in Gwynedd

帝国边境｜哈德良长城 Hadrian's Wall

● 北威四堡
Castles and Town Walls of King Edward in Gwynedd

● 哈德良长城
Hadrian's Wall

爱德华一世的防线

北威四堡
Castles and Town Walls of King Edward in Gwynedd

北威尔士四大城堡，由四个中世纪防御性建筑所组成，由左至右分别是康威堡、卡那封堡、哈莱赫堡及博马里斯堡

开上北英格兰繁忙的东西向高速公路M62，一路大雨，车阵越拉越长。还好英国的货卡车司机总是礼让驾驶，遵守规矩地开在外侧车道；不超速之外，还会互相礼让，闸道有车子进来，都会自动回避，果真是个礼貌的国家。

停在大雨中的利物浦，去Tate Liverpool逛了一圈；简单地吃了午餐后，经过利物浦的过港隧道，又在雨中的车阵等了好久——因为隧道口要收费。厉害的收费机器，不管你丢进各种组合的硬币，都能计算得出来，小客车是130英镑（约人民币20元）。就这样，一路滂沱大雨到了北威尔士。在北威开车更是挑战，路标上又是英文又是威尔士文，总是一大串的很难辨识。

傍晚五点，终于开到了康威城（Conwy），雨还是无止尽地下。康威城已经来访过，这趟我们的目的地是北威的另外三座城堡。借用了游客中心的洗手间后，继续开上A55。来到威尔士，就像出了英国一样，这里的路标路名是发不出音的古文，转开BBC广播频道，也是一连串听不懂的语言，连音乐都是传统的凯尔特民谣。

经过一整天的长途跋涉，终于来到了今晚要投宿的卡那封（Caernarfon）城里。威尔士的景观和建筑的确非常不同，感觉是一种"怪"的不同，不是"好"的不同。在城里冷清凄凉的街道上绕了好几圈，总算是发现了躲在城墙边的"黑男孩旅店"(Black Boy Inn)。行前在网络上看到这家1522年的老旅店，强调自己是威尔士历史旅店联盟（Welsh Historic Inn）之一，进了房间才发现，完全不是那么一回事。走上一道又一道狭窄的木梯，来到了阴森、充满霉味的顶层阁楼，偶尔还有楼下餐厅飘来的阵阵油烟。打开电视也是听不懂的BBC ONE Welsh、itv Welsh，还好当时正好有BBC PROMS的音乐节目。看见窗外仍不停歇的大风大雨，几只海鸥鸣叫不停地站在灰色屋顶上，幸灾乐祸地嘲笑着我们，当下被同行的P爸P妈给念了一顿。旅途中最大的风险，真的是旅馆，它的品质好坏与接待人员的和善与否，也会影响旅人对于这个地方的印象。还好隔天一早出现了威尔士难得一见的艳阳天，才让我们对这个地方的印象稍微改观。

爱德华一世的"铁环"

全名Castles and Town Walls of King Edward in Gwynedd的北威尔士四大城堡，

八百多年前的防御工事，现在成了游人的最爱

由四个中世纪防御性建筑所组成，分别是卡那封堡（Caernarfon Castle）、康威堡（Conwy Castle）、哈勒赫堡（Harlech Castle）及博马里斯堡（Beaumaris Castle），俗称“爱德华一世的铁环”（Iron Ring of King Edward Ⅰ），是八百多年前的中世纪时期，爱德华一世为巩固英格兰势力所建立的防线，也是欧洲几个最具代表性的军事堡垒之一，于 1986 年就已名列 UNESCO 的保存名单之中，是英国最早被列为世界文化遗产的景点之一。其中卡那封堡、康威堡及博马里斯堡更是紧邻天然屏障麦奈海峡（Menai Strait）而兴筑，紧密相连的西北角防线与一水之隔的安格尔西半岛（Anglesey）遥遥相望。

13 世纪初，爱德华一世从他父亲亨利三世手中接手了许多大小城堡，为了避免威尔士反抗势力崛起，也为了精简军队与花费，他计划将城堡数量精简，强化所选定城堡的防御能力，借以宣告领土主权并稳定局势。这些城堡所采用的概念，是由当时法国时兴的 Bastide Town 模式而来，也就是将村庄或城镇盖在堡垒与城墙中，借以保护城中居民，同时也兼具商业目的。外来族裔要进入城中或做生意需要特别许可，武器当然也是管制的一大项目，以进行有效的控管。

北威四堡现在是威尔士地区著名的观光景点，不过在当时对威尔士人来说可是一大耻辱，是威尔士被英格兰征服的象征。这些城堡也是所谓的“英格兰王城堡”，威尔士人一直到了18世纪才拥有自己的“威尔士城堡”，这又是另一段被压抑好几个世纪的辛酸史。

行前做功课时，心中一直有个疑惑：这个稳固的“铁环”既然是为了防止威尔士的反抗势力而设，理应深入威尔士领土中才对，而就地理位置上来看，它也不是想要抵御由西边来的势力，为何这四个连成一线的中世纪城堡会选择在威尔士的西北角？原来，英格兰倒不畏惧少数族群的威尔士人会进攻英格兰，比较担心的是威尔士反抗势力夺回属于他们的领土。考虑到被围城时的补给需求，这些城堡至少有一面紧邻河流或是海洋，让英格兰船舰可利用精巧设计的涨退潮闸门进行军事补给，从而得以维持英格兰在威尔士的势力。历史证明，威尔士人虽然持续反抗着，不过这些城池倒是一次也没被攻陷过。

康威堡

无论以任何标准来衡量一座城堡，康威堡都是欧洲中世纪最好的防御性建筑之一，与哈勒赫堡及博马里斯堡一样，出自御用的军事建筑师 James of St. George 之手。因为地形关系，不像其他城堡采用同质心的墙中墙方式，以规模来看，康威堡八座引人目光的圆形塔楼（四个在北面、四个在南面），远比哈勒赫堡更壮观。

不管以前还是现在，不管有无工程师 Thomas Telford 建造的吊桥，位于出海口的康威堡都是进入北威的第一个门户。隔着康威河远眺康威堡优美雄浑的天际线，可明显感受它难以撼动的气势。它的地理形势与皇宫所在的卡那封堡非常类似，其造型也很容易和中世纪故事中骑士、公主、火龙的情节联想在一起。

康威堡所在的城镇，被完整的城墙所保护——这座1283年由爱德华一世兴筑的厚实城镇，是为了保护英格兰在威尔士的境外殖民地而设，也就是说，城墙内的居民其实没有任何一个威尔士人。城堡有三个入口，主入口设在西面，有护城河和可收起的悬吊门守护着。漫步在保存完好的一公里长城墙上，沿途有二十一个大小

位于康威河出海口的康威城堡，战略位置极优（右上）
站在城墙上可看尽康威城与康威堡（右下）

的塔楼，墙上步道的视野非常好。

卡那封堡

卡那封堡是英格兰国王爱德华一世1283年跨过两国天然屏障斯诺多尼亚（Snowdonia）山脉，征服北威尔士时，为了建立防线和巩固自己的地位所兴建的四大城堡之一。与其他三个城堡不同，除了是军事建筑外，卡那封堡同时也是政府办公处和皇宫所在地，虽然防御工事不是里面最讲究的，位阶却高于其他三堡。它是英国人票选出来的十大城堡之一，更是威尔士最具知名度的城堡。

位于River Seiont出海口的卡那封堡，在罗马时期已是举足轻重的要塞堡垒。地理位置得天独厚，除了爱德华一世再加强的高厚城墙外，这里一面临海，两面临河，地势非常险要，主入口为面临陆地的国王门。以军事设施来看，这里稳固的程度不如哈勒赫堡与博马里斯堡，反倒是作为英格兰已征服威尔士的宣告意味较浓。

卡那封堡靠近陆地的主入口：国王门

这座造价非常高的城堡，兴建过程中筑筑停停，其实一直到今天都尚未全部完成。其建筑结构与造型非常奇特，跟英格兰大多数城堡不同，反而与伊斯坦堡的城堡架构非常类似。独特的多边形角塔与不同颜色的带状石墙，反映了当时热衷于十字军东征的爱德华一世，欲复制一座当时名为“君士坦丁堡”的梦幻造型城堡的想法。

从爱德华一世开始，英国王室就有在卡那封堡为未来王储加冕的传统，传说这是爱德华一世对被征服的威尔士人的承诺，他答应一定会有一位王子出生于威尔士，而且只说威尔士语。虽然这个说法杜撰成分居多，

象征英国皇室所在的卡那封堡，也是行王储加冕礼的地方（上）

卡那封堡是威尔士最具知名度的城堡（左下）卡那封堡当时是两面临河、一面临海（右下）

但是他的继承人爱德华二世，的确是爱德华一世忙于威尔士事务时在此出生的。此项传统一直到20世纪都保持着，1911年爱德华八世于此加冕，1969年查理王子也在此受封为威尔士王子（The Prince of Wales）。

逛过了城堡，也逛过了市集，我们离开卡那封堡，沿着雪墩国家公园山脚下的A487公路往南开。艳阳下的雪墩景致果然名不虚传，这里一边靠山一边面海，听着车上BBC Cymru（BBC Wales）里一字也听不懂的威尔士广播，的确像是置身异国，接着来到了哈勒赫堡。

哈勒赫堡

哈勒赫堡修筑于1283年，也是建筑师James of St. George设计，位于地势险要的峭壁上，采取同质心的方式修筑。一圈又一圈的城墙，越外围越薄，越内圈越厚实。哈勒赫堡以它靠近陆地方向超大尺度的城堡入口著称，这也是唯一的可进攻点。峭壁下就是爱尔兰海，是当时非常著名的军事设计，爱德华一世就是靠这条悬崖边的海路进行补给。英格兰统治期间，这里曾遭受过七次重大袭击，所以有首地方民谣叫做*Men of Harlech*，歌词就是形容当时的情形。然而，现在的海岸线已往外退了好几英里远，让我们一时难以想象。

居高临下的哈勒赫堡（左）

博马里斯堡与护城河，
是城堡的最佳典型（右页）

短暂停留后，决定趁着好天气继续往威尔士最西北边境的神圣角（Holyhead）前进。除了另一座城堡之外，更想见到朝思暮想的海鹦鹉（Puffin）。奔驰在笔直宽广的 A55 公路上，如果没有限速，油门很轻易就可超过 100 英里时速。终于来到了帆船点点的神圣角码头，又在烈日下走了好长一段路来到 RSPB 鸟类保护区。此刻天气虽好，寒冷海风依然强劲，海鹦鹉远在几百米下的悬崖峭壁上。望海兴叹后，继续前往最后一座城堡——博马里斯堡。

博马里斯堡

沿着麦奈海峡旁的狭窄公路行驶，阳光依旧耀眼的傍晚六点抵达了博马里斯小镇。此时海岸正值退潮，数不清的帆船泊在峡湾上，与对岸雪墩国家公园壮丽的全景天际线相应，为此次北威四堡之行画下完美句点。

博马里斯堡也是军事建筑师 James of St. George 所设计，1295 年开始修筑，是爱德华一世在威尔士最后修筑的城堡，也是防御工事最讲究的城堡。碍于当时与另一个邻国苏格兰之间的战事，修筑经费遭缩减，让工程一直延宕至今仍未完成。

这座设计精巧的军事建筑，被誉为英国设计最完美的军事城堡典型，造型非

常符合一般人心目中的城堡印象：完全密闭且同质心的重重城墙，序列的圆柱形塔楼，细十字形的武器孔与周围环绕的护城河，潮汐控制的码头可连通大海的补给门，东西南北还有巧妙的 D 形城门护卫着。

城堡所在地隔着麦奈海峡与对岸的雪墩国家公园遥遥相对，更与康威堡、卡那封堡连成一线，守卫着麦奈海峡，巩固了英格兰在威尔士的地位。博马里斯堡幸运地未被接下来的内战波及，城墙至今仍保存良好。

再次被英国夏天的长日照所误导，离开优美壮丽的麦奈海峡时，毫无预期地路过了苏格兰伟大工程师 Thomas Telford 的另一个完美作品 Menai Bridge。刚进入康威城时所见的吊桥也是他的作品，一个完美的起点与句点。

北威四堡｜ www.lawhf.gov.uk/LAWHF/gwynedd

博马里斯堡面对着麦奈海峡与对岸的雪墩国家公园

罗马人兴建的哈德良长城，经过 1800 年后，是热门的观光与健行之地

帝国边境 哈德良长城 Hadrian's Wall

一直以来，对于英格兰北境旷野中那条罗马帝国的疆界，有许多的联想，英国的电视节目与报刊杂志，也常出现那道绵延斑驳的长城画面——期待已久的旅程，总有一天会实现。那是个被预言会很晴朗的周末，因故取消了计划已久的布拉格之行，刚好收到周末租车的特价广告资讯，马上上网订了车和 B&B，去征服边界的罗马长城吧。

罗马帝国边境

世纪刚开始的强盛罗马帝国，在英国境内留下了许多帝国纪念物，比如巴斯（Bath）的罗马浴池；许多以 chester 结尾的地名也是过去的军事驻扎之地；而当中最重要的帝国遗迹，即是处于极西北边境的、也是帝国辉煌史象征的——哈德良长城。罗马皇帝哈德良（Hadrian）于 122 年来到英国之后，决定兴建这道长城，一来罗马士兵受不了北方的严寒气候，二来用以杜绝他们心中野蛮的苏格兰人。城墙历时几十年才完成。

罗马帝国的疆土横跨东西约 4000 公里，南北约 2400 公里；东到今天的伊拉克境内，南至非洲的撒哈拉沙漠，都有强盛帝国的影子。今天，在德国境内也有

哈德良长城在 Steel Rigg 这段沿着天然的峭壁天险而筑，气势壮阔且易守难攻

一段长城 Upper Germanic & Rhaetian Limes，从莱茵河的波恩一路往南，到多瑙河的雷根斯堡（Regensburg），涵盖莱茵兰—普法尔兹州（Rheinland-Pfalz）、黑森州（Hessen）、巴登—符腾堡州（Baden-Württemberg）和拜恩州（Bayern）等，总长度约 568 公里，至少有六十座城堡与九百个岗哨。哈德良长城早在 1987 年即列入世界文化遗产，到了 2005 年又加入了德国段的防御工事，联名以“罗马帝国疆界”（Frontiers of the Roman Empire）列入世界文化遗产。

哈德良长城总长度约 117 公里，足当时的 80 单位罗马里（Roman miles），从东边的 Bowness-on-Solway 到西境的 Wallsend，而后在西海岸沿着海滨又兴建了 40 公里，一直到 Cumbria 的 Maryport 为止。西边的材质是泥煤墙，约 6 米宽、3.5 米高，东边则是石墙，约 3 米宽、5–6 米高，每 1 罗马里（1481 米）设置一个岗哨，墙的北侧另有深凹壕沟。

长城完成后，沿线的十四至十七座要塞堡垒也逐一完成，后来又陆续在城墙南侧加筑了壁垒。整个工程是公元 2 世纪的精湛工艺，因此，这不仅是一道简单的城墙，还包含沿线的堡垒、岗哨、炮塔等各种大型土方工程。工程曾在公元 138 年后停滞了二十年之久，因为继任的 Antoninus Pius 皇帝在更北边筑起了另一道安东尼

夕阳余晖下，Heddon-on-the-wall 附近的城墙遗址

长城（Antonine Wall）。到了之后的继任者 Marcus Aurelius 皇帝，才又继续哈德良长城的工程。完工后的长城使用了约三百年。

没有预期的小镇

从谢菲尔德出发，车子开上了 M1 高速公路，一路往北直达纽卡斯尔（Newcastle）。接上东西向的 A69 公路没多久，我们决定切入 B 级县道，在狭窄的二车道上聚精会神地会车，不断追赶着前方绚烂但即将西下的夕阳，橘红色的余晖映着牧草、羊群、石屋、小径，就算不为长城而来，眼前这幅 Northumberland 国家公园的美景，也值回票价了。

忽隐忽现的长城片段，就在 B 级道路边；靠近城镇的区段，早就没了踪影，只能靠着标示追忆；Heddon-on-the-wall 是东端保存很好的一段，值得沿墙边走上一

Corbridge 小镇上的黑公牛酒吧（上）
鲜嫩多汁的烤羊腿（左下）
口感分量都让人满足的乡村牛排料理（中下）
Corbridge 小镇的 B&B 早餐（右下）

段路，在小径上遇见了不少骑马的当地人。追着夕阳跑，终究追不赢它，因为我们仍在长城的东段。经过了住宿的 Corbridge 小村庄之后，继续没有目的地开着。

赶在天黑前，回到 Corbridge 的 B&B 投宿，依着对英国稍微熟悉的街道逻辑，来到了完全没有指示的民宿。按了门铃，一位聒噪的女主人来应门，像是启动了电视机的开关，一进门之后，领我们到二楼前方的客房，很复杂地解释了电视机的两支遥控器、房间的设备、浴室的使用方法、房间里和公共空间里的陈列，最后还不忘强调床头那台 Tivoli Audio 黑色钢琴烤漆数码收音机。然后，送来了一小壶保久乳，说是泡咖啡或泡茶用的。

英国的 B&B 总是喜欢花花草草的乡村风格，不是不好，只是我无法接受如此繁复的风格，它总是让我觉得英国人的逻辑也是如此的繁复。

Tivoli Audio 放在这个安静到不行的英国环境中，终于让黑夜显得不那么寂静。将频道调至最爱的 Classic FM，让单音喇叭放送出古典乐音，尤其适合这样的夜晚；伏案而坐，保证文思泉涌，就连身为写实主义拥护者的我，都产生了天马行空的幻想，如果让天花乱坠的双子与双鱼在此，可能已经想到了另一个星球吧。

整理好行李后，漫步到小镇上的 Middle Street，看见一家生意顶好的黑公牛（Black Bull）英式餐馆，赶紧推门进去，外头零下 1℃的气温可真不好受。领班好不容易才挪出了两个位置，给在周末夜晚没有订位的我们——这里面的四个大空间几乎都挤满了人，想必是当地极热门的餐厅。

厨房不断送出一盘盘超大分量的乡村料理，我们各点了一份牛排和一份烤羊腿。不知是因为寒冷夜晚的食欲特别好，还是一旁温暖的烤炉让人喜欢上这里的气氛，一碗沙拉、配菜的马铃薯泥和薯条、烤得刚刚好的牛排与鲜嫩多汁的羊腿，全都吃掉了。这家餐馆真的让我们回味无穷。

隔天一早七点不到，已经被庭院里的鸟叫声给吵醒，窗外的晨雾浓得化不开，我们下楼享用女主人准备的英式早餐。这早餐吃得真累，因为一人得用上八支刀叉匙和十个大小杯盘，又是另一种繁复的英国礼节。隔壁房的房客竟也是来自谢菲尔德，更不可思议的是，这位老兄曾经到过台中的大坑登山步道爬山，脚上穿的休闲鞋，还是在台中买的。

在 B&B 庭院里拍了布满冰霜的 Snowdrop 小白花之后，该要起程去探索长城

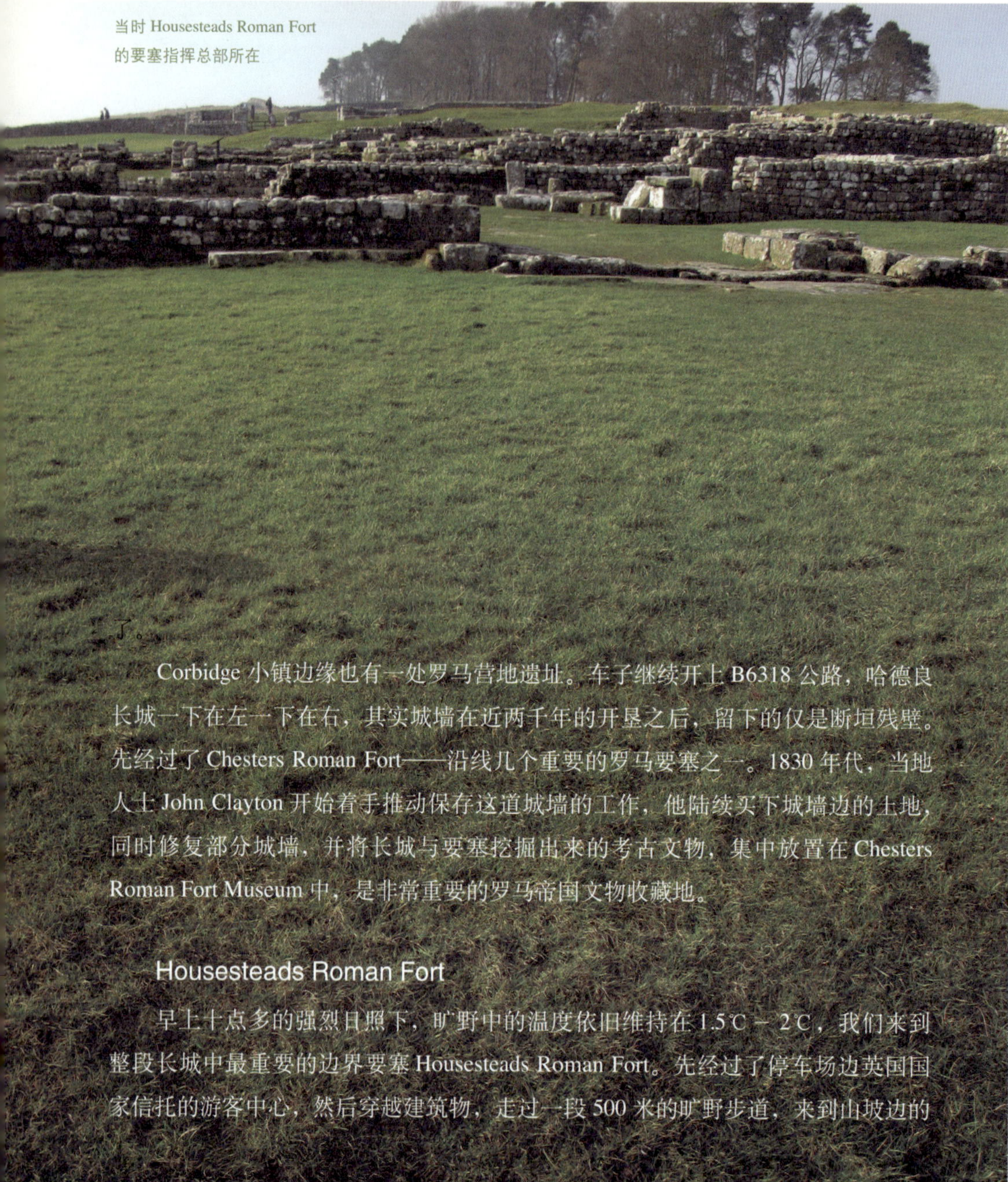

当时 Housesteads Roman Fort 的要塞指挥总部所在

了。

Corbidge 小镇边缘也有一处罗马营地遗址。车子继续开上 B6318 公路，哈德良长城一下在左一下在右，其实城墙在近两千年的开垦之后，留下的仅是断垣残壁。先经过了 Chesters Roman Fort——沿线几个重要的罗马要塞之一。1830 年代，当地人士 John Clayton 开始着手推动保存这道城墙的工作，他陆续买下城墙边的土地，同时修复部分城墙，并将长城与要塞挖掘出来的考古文物，集中放置在 Chesters Roman Fort Museum 中，是非常重要的罗马帝国文物收藏地。

Housesteads Roman Fort

早上十点多的强烈日照下，旷野中的温度依旧维持在 1.5℃－2℃，我们来到整段长城中最重要的边界要塞 Housesteads Roman Fort。先经过了停车场边英国国家信托的游客中心，然后穿越建筑物，走过一段 500 米的旷野步道，来到山坡边的

罗马时期已有公共厕所的先进设计与卫生考量

罗马要塞的军营，可清楚看见一间又一间的营舍基座轮廓

Housesteads Roman Fort 游客中心里有模型与文物展出

要塞里的粮仓有特别加高的基座设计，可保食物干燥

英国史迹保护协会游客中心，这里才是售票处。

Housesteads 位于山脊之上，是罗马帝国的精神象征，当时使用了约三百年，之后的一千多年来一直暴露在荒野中。要塞里包含不同时期的指挥总部、医院、军官住所、营舍、谷仓、炮塔，以及当时少见的公厕等，传达出过去罗马时期的先进与工程美学。而不同时期的兴建工程，也反映了这座要塞的大尺度与复杂度。要塞旁的游客中心里设有一个迷你博物馆，陈列要塞的完整模型与简单的考古文物。

天寒地冻的罗马遗址边，还留着清晨未融的冰霜，不畏风寒的小朋友们，尽情在遗址间的草地上奔跑。两公顷的面积上，除了遗址之外，没有任何多余的添加物，即使重要位置的标示都很含蓄地埋设在草地上，让人可以完全不受干扰地欣赏这穹苍之间的人类遗址。这让我想起了好大喜功的八里十三行遗址、台东卑南遗址，甚至雾峰地震纪念馆……几乎都让我们忘了参观的精髓。这样的行事思维是否该深刻反省，因为后人的东西不该如此反客为主。

视野无尽延伸的Housesteads要塞，东西两边各有绵延不断的长城；从这里往西一直到Steel Rigg的4.8公里，是长城中最精华的健行路线。Steel Rigg是个绝佳的展望点，从停车场出发，沿着城墙的步道是一段很舒畅的健行路径。在这里，可以看见城墙沿着天然屏障的山脊而筑，或高或低；想象着当时城墙、壕沟、土丘，一道道严密的防护。继续往西边的Cawfields前进，这里有一处一百五十年前被挖掘出来的岗哨Milecastle 42，这样的岗哨每隔一个单位的罗马里会筑一个，以确保掌控边境情报。这是最知名的一处，绕过停车场前的大水池，爬上一段上坡即可看见。此刻，天气开始变化，乌云从西边不断飘来，冷得让人发颤。

躲回车子里，继续前往更西边的Birdoswald——长城在西边最大的要塞，现在隶属于英国史迹保护协会。Birdoswald有个规模不小的游客中心，农舍造型的石屋建筑与中庭感觉很好；建筑周围围绕着罗马要塞的遗迹，放牧着大批的羊群。这一段城墙修复完善，可以想见过去罗马帝国时期的城墙规模。我们停好车，想到游客

Steel Rigg是个非常好的展望点，可以看见峭壁上高低起伏的城墙

长城的春夏秋冬，各有分明的景致（上）
Housesteads Roman Fort 一旁的游客中心（左下）
Birdoswald 游客中心（右下）

中心里盖个纪念邮戳，无奈扑了空，因为要等到温暖一点儿的4月才开放。

之后迷路时还意外地看到Lanercost Priory Cumbria修道院。1166年兴建，距离苏格兰边境仅24公里，属于圣奥古斯丁修会的修道院；在英格兰与苏格兰战争的历史上，曾被解散四次，最后在亨利八世的1537年被迫关闭。所幸建筑结构仍保存完整，现在正在进行大规模整修工程。

长城的未来

如今，长城的土地与要塞分属三个不同单位管辖，英国史迹保护协会、国家信托、Northumberland国家公园；此外，许多城墙段由地方单位管辖。

现代的考古挖掘工程从1890年代即开始，至1939年时，考古发掘出的证据已经提供了诸多解答；不过，仍有很多细节是现有知识与史料无法完全解答的，特别是历史与要塞的配置图。另外，Vindolanda和Housesteads两个要塞经过当地居民的屯垦，已有部分遭到破坏，而罗马时期的公墓也早已消失。

超过一百年的科学挖掘，加上过去的考古发现与记录，让城墙与要塞的材料能够再次被研究被评估。此外，新的挖掘工程仍继续进行，每年都会有新的研究报告出炉。传统的考古方式，结合新的卫星影像资料，不断补充了各种资料；尤其是地球物理学的调查，经由地表上仍保留的物质，可以不通过实质挖掘就能还原真相，对于当时的军事、建筑与生活情况都可以有进一步的了解。考古是个昂贵的工作，研究工作也突显了这个纪念物的重要性，也让社会大众重视它的保存价值，而经过了妥善的保存与陈列，也才能让游客尽情享受参观乐趣。

现在，长城的全境都被每个单位妥善地管理照护，也于2003年完全将沿线的步道（National Trail）开放给一般游客。沿线多数的土地仍是私人所有，但是多数人都同意保留这段历史遗迹。只是观光游憩开放以来，的确也造成不少的冲击，管理单位正在严密监控。这类的历史遗址需要给予持续的关注，例如，灰泥斑驳了，需要修复，草皮受到庞大的游憩压力践踏，需要养护，游客爬上城墙，让石头位移，也需要定时修复。沿线的解说资讯也需定时更新，考古文物也需要各种适宜的陈列空间等，都需要相关单位投注大量的人力心力财力。

长途跋涉

长约 118 公里的哈德良长城，有太多精彩的要塞、岗哨、城墙、博物馆，它们分散在北英格兰的旷野荒原中，时而出现，时而消失。狭窄的二车道上连会车都困难，开车旅行仅能停靠大的据点，不过能走完这些也就足够。如果夏季来访，可以沿途骑单车；或是能多留宿几夜，每天安排走一段长城边的步道，更能体会自然与历史的景观之美。

周末两天，重感冒的司机和怕冷的我，一直处在 0—2℃的低温旷野中，走过了一段段两千年前罗马士兵驻守的长城与岗哨。傍晚近五点，没有休息地往东开，A69 接 上 A1，A1 接 A1(M)，A1(M) 接 M1，一路开回了谢菲尔德。一整个累啊，却也是一段让人怀念不已的边境之旅。

哈德良长城 | www.hadrianswallcountry.org

长城沿线是规划完整的国家健行步道

哈德良长城的步道指示

B6318 县道即是沿着长城边而开筑

Chapter 11

电影 · Film

● 跟着《傲慢与偏见》去旅行
Pride & Prejudice

● 跟着《波特小姐》去旅行
Miss Potter

● 跟着《达·芬奇密码》去旅行
The Da Vinci Code

● 跟着《哈利·波特》去旅行
Harry Potter

● 跟着《心花路放》去旅行
Heartlands

电影中达西先生家的拍摄地点（上）
《傲慢与偏见》中女主角站在悬崖上的 Stanage Edge（下）

电影与文学的场景，常是旅行者追随的足迹；或是故事中描绘的地点，或是电影中拍摄的场景，总让那些地方多了点想象空间。英国，除了许多知名的文学朝圣地之外，近年来更积极地推广电影之旅。英国是文学原乡，文学史上有多部脍炙人口的经典小说，而故事架构原本就发生在这块土地上。再加上导演运筹帷幄的唯美拍摄，更让这些地方的名气水涨船高，这也是文化创意产业中非常重要的环节。英国观光局甚至随着电影上映，会推出各种不同的套装行程，让游客可以跟团走，也可以自助游。

2005 年新版的电影《傲慢与偏见》，让这部近两百年的英国文学名著再次受到世人瞩目。看了电影之后，也重回味了小说，小说情节的确铺陈得完美，每个角色所代表的人物典型，将人与人之间最简单、最直接，也最深奥的人际关系与男女情事，做了巨细靡遗的呈现。简·奥斯汀让不是特别伟大的男女情事变得伟大，也源远流长地在全球读者中一再风靡，更让故事一再回锅地搬上大小荧幕。

1813 年出版的小说，已拍过几个版本的电视剧与电影；除了改编原著，也孕育出现代版的《BJ 单身日记》中的情节，甚至印度宝莱坞也拍过 *Bride & Prejudice*（《新娘与偏见》）。2005 年电影上映前，英国的特别节目将这些过往的剧情桥段拿出来仔细比较，也探讨不同时空背景所呈现的不同拍摄手法。新版戏剧上映时，英国书店里的原著小说，也来个全新封面又热卖了好一阵子，简·奥斯汀的其他著作与相关书籍，甚至连 BBC 在 1995 年拍摄的 DVD 也跟着继续畅销好一阵子。《傲慢与偏见》的魅力，的确可观。

位于德文特河畔的查兹沃思庄园根据简·奥斯汀书里的具体描述，面对河畔的庄园都是达西先生家宅场景的最佳选择（左）

《傲慢与偏见》小说中提到的朵芙峡谷（右页上）

小说中提及的马特洛克小镇（右页下）

跟着《傲慢与偏见》去旅行

简·奥斯汀的六本小说在英国是文学研究的热门领域之一，不仅英国人疯狂，世界各地也有许多人来此朝圣，寻找简·奥斯汀的蛛丝马迹。《在路上，预约八堂课》的作者爱丽丝（Alice Steinbach）也大老远从美国飞到英国追寻简·奥斯汀。她拜访了温彻斯特（Winchester）一栋简·奥斯汀度过晚年的房子，以及身后的墓园；到乔顿屋（Chawton Cottage）参加了简·奥斯汀学会的年会，与一大群对简一辈子生活大小细节了若指掌的人，一起讨论这位死后才大放异彩的女性作家，乔顿村有如麦加朝圣地般，吸引着世界各地的简迷；接着爱丽丝还到Exeter大学参加“从简所处时代的社会脉络来检视她的小说，尤其锁定18世纪上流社会诙谐而犀利的见解”的课程，也参观了几个影响简生平与写作的场景。而这样的课程，尤其在简·奥斯汀所生活的英国南部相当普遍。

这部新戏，确实把英国乡间景致拍摄得非常浪漫唯美，喜欢英国乡间气息的旅人，更是要去观赏，这是一部完全英国味的电影。这出戏在英国也带出了一股“傲慢与偏见”旅游热潮，电影当红时，英国许多旅行社推出了相关行程：跟电影相关的，跟简写作与生活相关的，连电影官网中也详细列出了拍摄场景，其中多处在我们经常造访的山峰区，因此这部电影看起来格外亲切。

书中女主角伊丽莎白的舅舅与舅妈，原本计划带她到湖区度假，后来临时有事得缩短行程，就改到了离伦敦较近的德比郡（Derbyshire），也就是山峰区所在。书中这样描述“……重新拟定紧凑的行程只到德比郡为止。其实德比郡一带的风景名胜已经够他们参观，足足可消磨三个星期的时间。该地让加德那太太心生向往，她从前曾在那

儿住过几年，现在能够旧地重游，盘桓几日，不禁对马特洛克（Matlock）、查兹沃思（Chatsworth House）、朵芙河谷（Dovedale）或山峰区（Peak District）等地的名山秀水心醉神驰。”

山峰区有着丰富多变的自然景观，无尽的荒原、崎岖的山崖、蜿蜒的溪谷、宜人的小镇、华丽的庄园，加上导演戏剧效果的铺陈，使这里成了英国大小荧幕的最爱。除了近年来我们熟悉的《傲慢与偏见》和《简爱》之外，这里也是许多英国电影与电视影集取景地。

查兹沃思庄园（Chatsworth House）

前文已详细介绍过，这里是德比郡最值得推荐的英式豪宅，也是英格兰的十大豪宅之一。在简·奥斯汀的小说中也确实提过查兹沃思庄园，文献研究相信，当简·奥斯汀在描述达西先生的Pemberley庄园时，脑子里想的就是这间豪宅的印象。电影中，这里也就是达西先生Pemberley庄园的真实取景处，屋里屋外都曾多次出现，其中有一幕女主角随舅舅与舅妈去参观Pemberley，女仆为他们导览的雕刻艺术品空间，即是庄园的艺廊，电影中特别雕了男主角的塑像，现在也仍放在

此展览。

2008 年 9 月上映的新片《公爵夫人》（*The Duchess*），故事中的女主角即是查兹沃思庄园的第五任公爵夫人乔治安娜（Georgiana Cavendish，Duchess of Devonshire，1757—1806）。这位才貌双全的女性，不仅美丽动人，具政治野心，也好赌，加上其复杂的婚姻、情感，在保守的 18 世纪颇受争议。此外，公爵夫人来自斯宾塞家族（Spencer），也就是英国黛安娜王妃的先人，这也是另一个受瞩目的焦点。当然，这座庄园曾是公爵夫人的家，因此电影也在这里与山峰区其他地方取了不少景，电影上映的秋天，庄园里也将举办公爵夫人与电影的相关展览。

哈登庄园（Haddon Hall）

山峰区是最常被借景拍片的庄园之一。有一年夏天我们从贝克威尔步行前往，约 1 英里（1.6 公里）长的距离，沿着河谷边的步道散步到此。庄园内部空间在剧中被用来当作 Lambton Inn 旅店的场景，以及伊丽莎白和大姐的房间。此外，附近有家庄园经营的 The Peacock at Rowsley，是剧组明星们在山峰区拍片时的下榻旅馆，其外观也曾出现在另一部电影《美人心机》当中。

崖顶（Stanage Edge）

山峰区的东半部，有一条南北走向、切割成好几段的峭壁（Edge），是健行的好地方，也是攀岩、滑翔翼、飞行伞的最佳场所，其中以 Stanage Edge 这一段的地景最著名。电影中女主角站在崖边的开阔画面与电影海报，就在此地取景。

查兹沃思是英格兰最知名的庄园之一（左页）
山峰区拍片次数最多的哈登庄园（右）

琳园（Lyme Park）

琳园归属英国国家信托管辖的庄园，位于山峰区西北边，靠近曼彻斯特，是1995年BBC版本的影集中，男主角达西先生Pemberley庄园的拍摄场景。有年暑假，日本朋友Rin找了两对怪异的俄罗斯夫妻与一位更怪异的乌克兰女孩，和我一起搭火车去参观这栋庄园。除了建筑之外，户外庭园与广大鹿园，都值得一游。

山峰区之外，位于英国东南边肯特（Kent）的Groombridge Place Gardens则是Longbourn庄园，电影中Bennett Family的家。温莎古堡所在的波克郡（Berkshire），有栋18世纪帕拉迪奥样式的Basildon Park，则是电影中Mr. Bingley的家Netherfield Park。林肯郡（Lincolnshire）的乔治风格城镇Stamford，是Meryton Village和Milliner's Shop的取景地。16世纪的Burghley House是伊丽莎白时代的经典建筑样式，曾作为剧中Lady Catherine de Bourgh的家Rosings Park而出现；而附近的The George Hotel of Stamford则是大明星们拍片时下榻的旅馆。

《傲慢与偏见》是一部古典浪漫的爱情片，英国乡间景色与建筑几乎与一百多年前无异，完全符合拍片的背景与气氛。游客也可随着这些英国特有的建筑、庄园、国家公园，编织一趟丰富的电影之旅。

跟着《傲慢与偏见》去旅行｜ www.visitprideandprejudice.com

琳园是《傲慢与偏见》BBC版本中达西先生的家（左）
琳园也因拍片场景而吸引不少游客来访（右）

Hill Top 农场的乡村景观

湖区（Lake District），一直是英国人气最高的旅游胜地，避开观光客密集的城镇，这里处处是散发灵性的山光水色。而比阿特丽克丝·波特（Beatrix Potter，1866—1943）在一百多年前，也被这里的一草一木一景一物给深深吸引。1905年，波特小姐买下了在Sawrey丘顶（Hill Top）的小农庄，就在当地的小客栈Tower Bank Arms后方。她当时已经是位成功的作家，出版了六本畅销儿童书，第七本也即将付梓，但是她正处于人生最痛苦的时刻，因为她的爱人诺曼·沃恩（Norman Warne）刚去世。

波特小姐从一个伦敦的儿童书作家变成了一位湖区的牧场主人，这一连串的故事，随着《波特小姐》（*Miss Potter*）电影的上映，又再次让湖区成为焦点，也让总是大排长龙的Hill Top更加拥挤。

人生转折点

波特小姐的父亲Rupert Potter是伦敦有钱的律师，喜好艺术与摄影，严格的母亲则全职照顾她和弟弟。波特小姐从未进入学校就读，因此童年没有太多玩伴，而她从小就展现了绘画天分。每年4月，他们家会有两三周的海滨旅游，每年夏天又会租下一栋乡村小屋，住上三个月，大人钓鱼、打猎、招待客人，小孩则尽情在乡间玩耍、绘画。以往都选择在苏格兰度假，后来转往湖区。而从1882年开始，就一直租用Windermere镇上的Wray Castle，当时波特小姐16岁，她喜欢带着宠物小兔彼得同行旅游。

一直到成年之后，她还是维持着和父母度假的习惯。1896年，波特小姐30岁时，家人第一次拜访Sawrey小镇，父亲买下一栋名为Lakefield的房子，这里有漂亮的花园，还可以眺望她最喜欢的湖泊Esthwaite Water，她和弟弟就在此绘画、健行、骑马。而这里，也是波特小姐对蕈类开始感兴趣的地方，她搜集了各种标本，并仔细观察研究与绘画。此时，她已经真正爱上了这个小地方和当地人。

一开始租用的Wray Castle，屋主是Hardwicke Rawnsley的堂兄弟。Rawnsley是当地的教区牧师，他鼓励地方居民学习文字，并写诗，而波特小姐的父亲对于湖区的诗很感兴趣，进而与他熟识。Rawnsley也非常欣赏波特小姐的绘画才华，因为他常和文艺人士接触，彼此经常交流讯息，他后来还成立了地方画会组织，也因此和波特小姐成了一辈子的好朋友。

Rawnsley 来自东英格兰的 Norfolk，也是第一次到湖区就喜欢上这里。当时的湖区正面临开发危机，铁道计划也危及自然环境，地方保护人士开始出来反对。Rawnsley 认为不仅应该被动地反对，更要将保存的精神深耕，并做长期抗战的准备；而且他的目标不只是湖区，也同时将英格兰、威尔士、北爱尔兰等其他地方考虑在内。Rawnsley 向波特小姐的父亲解释了他的忧虑，因此波特家在国家信托成立之初，就成了第一批终身会员。

1895 年，名为 The National Trust for Places of Historic Interest and Natural Beauty 的国家信托正式成立，宗旨就是要保留自然的乡间野地，提供给一般民众享用。到了 1899 年，小组织日渐茁壮，一直到了 1906 年已经买下二十四处土地，舒缓了不少环境破坏的危机。

波特小姐在 1902 年出版的《小兔彼得》（*Peter Rabbit*）一书，两年之内销售了五万本，接着又陆续出版了好几本。1905 年 11 月是她人生的转折点：她用版税收入买下了 Hill Top 农场。接下来的五年，她仍继续往返于伦敦和湖区之间，湖区的

Hill Top 门廊对面的菜园仍维持波特小姐当年使用的景况，里面也真的还有兔子蹦蹦跳跳这个场景也出现在《母鸭洁玛》的故事里，左方就是母鸭洁玛藏蛋的好地点

环境让她身心舒畅，健康状况也改善许多。她雇人帮她管理农场，两年之后，农场已经有十只羊、十四头猪、三十只 Herdwick 羊（湖区特有的羊，9 世纪从挪威来的品种），以及牧羊犬和一大群鸡鸭。她接下来的新书中，就出现了许多 Hill Top 屋里屋外或 Sawrey 村庄的场景。

接着，波特小姐不断扩张她的农场。她认为要保存湖区的纯朴农舍、土地、围墙、农庄、谷仓、羊圈，最好的办法就是买下它们，这是她唯一能做的。1909 年她买下了第二座农场 Castle Farm，土地与 Hill Top 相连，也因为土地交易认识了当地的律师威廉·希里斯（William Heelis），他提供了许多交易讯息，安排购地事宜，并持续关心她的地产，也监督土地与建筑物的变更。很快地，两人的关系越来越密切。

1913 年 10 月 15 日，46 岁的波特小姐和希里斯结婚了。他们选择住在 Castle Farm，但是波特小姐仍保留了 Hill Top 作为她工作与阅读的地方，也在此招待各地来访的读者。接下来的三十年，希里斯继续他的律师工作，波特小姐则专心照顾农场与家庭。婚后她的写作量减少许多，仅出版了四本新的儿童书。

1924 年，她买下 Windermere 附近一座视野非常好的农场 Troutbeck Park Farm，为了饲养她的 Herdwick 羊，她雇用了和她一样喜好 Herdwick 羊的 Tom Storey 来牧羊。她的农场在往后几年的比赛中得了不少奖项，两人也成了好朋友，而非雇佣关系，波特小姐死后的骨灰，甚至还委托他撒在一个秘密之处。

此外，湖区乡间缺乏医疗资源，穷人也没钱看病，波特小姐成立了地方的卫生组织，减缓麻疹、腮腺炎、百日咳、猩红热等传染病问题。她也捐了许多书籍给 Ambleside 的地方图书馆 Armitt Library——这里就像湖区的艺术家协会，收集了很多画作、地方文献、地形学、自然史、考古学、文学、诗集等，波特小姐也捐出她大量的蕈类水彩画。

英国国家信托

波特小姐致力于保留自然土地，阻止大型开发或拆毁老房舍，也阻止开发商在湖区兴建新房舍，并致力于繁殖 Herdwick 纯种羊。她非常认同国家信托的做法，也大力赞助。1930 年，她和国家信托的关系更为密切，她买下了 2500 英亩的

Monk Coniston Estate 地产，并捐了一半给国家信托。

这段时光，养羊和赞助国家信托成了她生命中最重要的工作与使命，她甚至常常匿名赞助，因此没人确切知道她究竟捐助了多少。而协助管理国家信托地产时，她认为可以靠观光收益来维持组织运作，进而租下了 Yew Tree Farm 小屋，自己提供家具，经营起小茶馆；而这栋房舍，也就是电影中被改装成 Hill Top 的房子，现实中则是一家非常热门的 B&B。国家信托在波特小姐的直接间接影响之下，从一个拥有地产的组织，变成了影响湖区景观与生命甚巨的重要组织，而且这样的福祉后来扩展到了全英国。现在国家信托总部的建筑，也以她老公的姓氏 Heelis 命名，显示对他们的敬重。

前后历经的两次世界大战，让农场生活更为不易。1943 年冬天，波特小姐得了支气管炎，在圣诞节前三天过世了。她虽然将遗产留给丈夫，但是要求丈夫死后也要将超过 4000 英亩的土地、农场、农舍全数捐给国家信托；并嘱咐她的房产要以适当的租金出租，农场要继续畜养纯种的 Herdwick 羊；唯有 Hill Top 不能出租，屋内要保持现有的样貌与家具，她留下了非常详细的指示，每一样东西、每一个细节该怎么处理，并将在 Castle Farm 心爱的东西都搬回 Hill Top 保留。

丈夫也在两年后过世，他将波特小姐留下的地产，加上他自己在 Hawkshead 的办公室，即现在的波特艺廊（The Beatrix Potter Gallery），全部捐给国家信托。波特小姐多数的画作版权也捐给了国家信托，画作原本展示在 Hill Top，但是随着访客越来越多，已于 1988 年移到了波特艺廊收藏展览。

这家是官方授权的专卖店，在英国各地很常见（左）彼得兔的布偶，在湖区的商店中随处可见（中）
国家信托经营的商店，就在农庄里，有各式可爱的纪念品与书籍（右）

Hill Top 的门廊是用两块当地的石材做成，上面覆盖着石板，爬满绿意

Hill Top 的室内空间不大，因此总有大批访客在门口等待

1946 年，国家信托开放了 Hill Top 给一般大众参观，屋里的陈设与物品都是她当初创作的灵感来源。从那时候开始，从世界各地前来的访客络绎不绝，直到今天。

波特小姐是位儿童书作家、画家、科学家、农场主人、保育家、赞助者。而她留下来的土地，不仅是庞大的地产，她留下的是淳朴的房舍、有品质的土地；因为她，美丽的湖区免于被破坏，她强调保留传统的生活模式，就能保有这片土地，这对于当时湖区所面临的大规模开发有很正面的意义。没有她的坚持，没有她的大方，说不定湖区已经不是湖区。

波特小姐的画作与文字，对世界上许许多多的小朋友与大朋友都有深远的影响。中年之后又致力于保护自然环境，为国家信托提供无限的支持与赞助。这位在我心中很伟大的女性，比起她在儿童书绘画上的成就，我更敬佩的则是她那份爱护自然的宽大心胸；不过，据说她的脾气非常暴躁古怪。

Hill Top

某年夏天，我们开车来到 Windermere，排了好长的车阵，为了要搭上往返两岸的渡轮——平板船上可容纳十五部小车，不用十分钟即可抵达对岸，省下了不少

湖区美丽的自然风光　　Hill Top 内部房间一景

绕行山路的车程。从渡轮口开往 Hill Top 所在的村庄道路非常狭窄，车辆几乎无法会车；一进入 Sawrey，又卡住了，大家都是前来一探 Hill Top 的，国家信托还派工作人员出来指挥交通与停车。排了队伍买票，又得等上二十分钟才轮到我们进屋参观。不过，严格控制参观人数的方式，对于 Hill Top 的保存和游客的参观品质来说，都是很好的做法。

这栋房子是湖区 17 世纪晚期很经典的风土建筑，由有机的砌石和石板屋瓦组成，并无特别之处。大门一进去的起居间是石板，据说书中所描绘的壁炉原本已被拆除，1983 年又被重新打造回来，火炉上吊挂着铜马与陶瓷装饰，波特小姐常用的帽子和鞋子也在一旁——在火炉边摆放各种小装饰品，是湖区民居的传统特色。旁边的展示柜里有英国人家最喜欢的瓷盘收藏，火炉对面的墙上有座 1785 年的木挂钟，也曾出现在她的书中。

大门的右边则是客厅，这里有大理石壁炉，炉上有面镜子，有一对韦奇伍德的瓷盘、一对狗马连身造型的陶瓷、一只英式双把手的马克杯；窗边有桃木的桌子，紫檀木的工作桌，法式的靠背椅，角落的橱柜里也收藏了不少瓷器、书、画与照片。

再往里面走，则有一间储藏室，波特小姐喜欢收藏各种小饰物，有许多小饰品、陶瓷、挂饰、首饰、古董、娃娃屋，而这些小物件也都曾出现在她的书中。

走上楼梯，来到二楼，有简单的起居室、工作室与卧室，每个房间的墙上都挂了有别于儿童书插画的绘画。

而屋外的花园与菜园中，则有更多出现在书里的场景，后人仍依样保留下来。菜园里真的有兔子、知更鸟；春末夏初的季节，开满了色彩缤纷的鲜艳花朵，杜鹃、夹竹桃、玫瑰、蜀葵、百合、各种果树与蔬菜……走进花园，就像走进她的书中场景一样。

Hill Top 的房子、花园与周遭环境的乡间景色、动物、花草等，不断出现在她的书中；这些儿童书中的场景与故事，也就是她在湖区生活的缩影与写照。她自认为是非常写实派的画家，她说，她看见什么就画什么。

《波特小姐》电影旅游｜ www.visitmisspotter.com/touring_intineraries.html
关于波特小姐的湖区｜ www.visitcumbria.com/bpotter.htm

从入口处需经过这条由波特小姐设计的美丽的花园小径，才能来到屋子前（左）
Hill Top 农舍一景还记得彼得为躲避麦先生，跳出窗户时打翻花盆的场景吧（中）
菜园里仍种了各种蔬果，也有兔子与知更鸟穿梭其间（右）

异教徒风格的雕刻

在爱丁堡起了个大早，天空是苏格兰惯有的安静阴郁，在青年旅馆吃过自己准备的早餐后，前往爱丁堡附近的Roslin小镇。和多数人一样，会特别注意到这个小村庄，无非是受了电影与小说《达·芬奇密码》的鼓动，对于符号重重的中世纪礼拜堂以及传说中隐藏在地下密室里的圣杯，不管故事是真实还是虚构，总有一股想要一窥究竟的冲动。

天气阴沉得让人喘不过气来，我们抵达了坐落于一片开阔谷地与罂粟花田之间的罗斯林礼拜堂；这里地理位置非常好，天气与气氛也配合得刚刚好。一早的停车场上已有许多来自欧洲其他国家的右驾车辆出现，以“D”开头的德国车牌占大多数，甚至比英国“GB”的车辆还多。就一个偏远的小地方来说，游客量果真不少，这也算是文化创意产业的一大成功吧。

罗斯林礼拜堂就位于这片罂粟花的山谷间，7月盛开的罂粟花

庭院里的辛克莱家族纪念柱（St Clair Family Memorial）（左）
内部狭窄阴暗的主要空间（中）
处处是雕工精细的石刻（右上）
礼拜堂有许多来自欧洲天主教国家的游客（右下）

位于苏格兰Roslin小镇的罗斯林礼拜堂，原先命名为圣马太同道联修教堂（Collegiate Church of St Matthew），由当地贵族辛克莱（Sinclair）伯爵所设立，是辛克莱家族的三个私人礼拜堂之一。这个苏格兰家族之所以有名，是因为在历史文献与小说中，多方揣测辛克莱家族中秘密存在着耶稣基督的后人，这也是达·芬奇密码的故事会从法国一直延伸到苏格兰，然后选择在这里结束的原因。

Rosslyn这个名字的由来有好几种说法，一般认为是凯尔特文字中“海岬的瀑布”之意；不过经过小说与电影的渲染，许多人宁愿相信是由丹·布朗所引述的“Rose Line”而来。Rose Line是小说中描述经过法国圣叙尔皮斯教堂的巴黎子午线，一条比格林威治子午线还要早的天文线。虽然真正的巴黎子午线并未经过圣叙尔皮斯教堂，却被作者取其谐音巧妙运用，将耶稣基督、耶稣基督的神秘老婆与后人，还有罗斯林礼拜堂巧妙地串联起来。

礼拜堂就建筑风格而言，属中世纪教堂样式，原属罗马天主教廷所管辖，但是15世纪中的苏格兰教会改革使它关闭了三百年，直到1861年才再度对外开放。其兴建可追溯到1446年罗马教廷的资助开始，本来的设计是传统的十字形平面教堂，不过因为资金短缺，加上当时教堂风格的转变，最后仅完成了诗歌席的空间，最重要的中殿、祭坛与翼廊却一直没有完成；也就是说，现在的礼拜堂空间仅是原本规划的一小部分。

我们到访时，整个礼拜堂被一圈鹰架铁皮所包覆，难以窥见全貌；不过，当我们跟着参观人群排队进入阴暗诡异的内部空间时，才知道故事为何从这里开始。

礼拜堂空间中总共有十四根柱，在中央围塑出一个有三面柱列的挑高矩形空间；每根柱子都有名字，如“大师柱”(Master Pillar)、“旅人柱”(Journeyman Pillar)，以及最著名的“学徒柱”(Apprentice Pillar)。关于这根雕工细致的螺旋状学徒柱有个残酷的传说：当时善妒的石匠师傅无法相信这根雕工复杂精细的柱是徒弟的原创，决定出门旅行去找寻原本的雕刻样式，以便让徒弟臣服；不过当他回来时，这位颇具才华的学徒已经将柱子完成，而他也没有找到所谓的“原创”柱式，师傅在恼羞成怒之际，拿起大石锤将徒弟打死，成了一个由妒生恨的传说故事。

礼拜堂内部常被提及的就是柱头上的人头雕饰，俗称为Green Men。这些表情不尽相同的人头，都被各式各样的绿色植物围绕着，甚至从它

镂空的音乐盒，被解读成各种意涵（上）
游客们聚精会神地找寻各种解码符号（下）

们的嘴里长出来，完全不同于一般的教堂雕刻，可能象征着再世重生或繁殖力。礼拜堂内总共约有 110 个 Green Men 雕刻，其中最好的位于两个中间祭坛位置的东墙上。值得一提的是，从东边到西边的脸谱会有年龄的变化，东边是代表春天的脸，显得比较年轻，越往西边越接近冬天，脸也就越来越苍老，充满了符号学的意涵与神秘感。

空间里的许多图腾意涵，让后来的研究者与解读者摸不着头脑，譬如 213 个柱头上凸刻的被猜测为中空音乐盒造型的装饰，看起来有相当的序列性，可能有物理学上的作用，也可能有符号学上的意义，不过真正的意涵还是一无所知。这可能是当初丹·布朗撰写《达·芬奇密码》时，挑选这里作为故事背景的原因吧！

这些诡异的符号要解释成什么都行，与传统教堂截然不同意涵的雕刻与装饰，也暗示着许许多多小说故事的形成。礼拜堂中也出现了一些当时尚未种植于苏格兰的北美洲作物，所以有另一个说法认为，辛克莱家族甚至比哥伦布还早发现新大陆，不过可信度有待商榷。

礼拜堂的内部雕刻极为复杂，呈现出的样式也与这些年来我们所参观的教堂有极大的差别，有一股浓厚的“异教徒”味道。这里最精彩的另类历史，不外乎耶稣基督的后裔与辛克莱家族的血缘关系的传说，以及圣殿骑士与圣杯的故事。

相传礼拜堂是由圣殿骑士所建，天花板上还秘密布满了代表犹太教的六芒大卫之星，虽然

拱顶上的左边有五星芒，被丹·布朗想成了六星芒（上）
110 个 Green Man 当中，最重要的一只（中）
礼拜堂里最知名的学徒柱（下）

丹·布朗写小说时未曾到过这里，教堂天花板的星芒事实上也只有五个。礼拜堂的地窖是辛克莱历代家族的坟墓所在，不过被封闭了很长一段时间，也是《达·芬奇密码》电影中解出最后谜团的空间。虽然这里已经被许多小说和各种纪录片报道过，也各自解读过，不过仍旧是一团迷雾。

关于达·芬奇密码，小说中描绘过的地点，电影中拍摄的场景，在当时掀起了一股英法达·芬奇密码旅行之热。在英国，除了伦敦的西敏寺、舰队街、圣殿教堂、国王学院、圣詹姆士公园、国家艺廊，林肯郡的林肯大教堂和 Burghley House，莱斯特郡的 Belvoir Castle 之外，苏格兰的罗斯林礼拜堂的确是个很不一样的另类景点。

Rosslyn Chapel | www.rosslynchapel.org.uk
Da Vinci Tour | da-vinci-tour.renalid.com

正在进行修复工程的教堂外观，难以一窥全貌

跟着

《哈利·波特》去旅行

Harry Potter

电影中霍格沃茨魔法学院集合的大饭厅取景之地，基督学院的宴会厅

老实说，“麻瓜”我对于哈利·波特的故事没有太大的偏好，虽然没去过 J.K. 罗琳当初埋首写作的大象之屋（The Elephant House），也没去过伦敦动物园，格洛斯特大教堂（Gloucester Cathedral）也错身而过，也还没有走访一趟霍格沃茨特快车所跨越的格伦菲南高架桥（Glenfinnan Viaduct）。不过拜小说与电影热卖之赐，加上英国国家旅游局的大力行销，在英国旅行，总会与一些电影的拍摄场景不期而遇。

牛津｜基督学院

牛津的基督学院（Christ Church），由 1525 年的红衣主教教堂开始，之后历经了亨利八世成立英国国教，1546 年脱离罗马教廷，改名为基督学院，与同年亨利八世成立的剑桥圣三一学院是姊妹学院。

就建筑样式与规模来看，这里是牛津大学最具贵族色彩、最气派的学院之一，也是拜访牛津不容错过的学院建筑。这个历史悠久的学院，至今已经培育出十三位英国首相，是目前英国所有大学学院中最多的，这也是他们最骄傲之处。《爱丽丝

基督学院的另一个入口

优雅的基督学院中庭

梦游仙境》作者卡罗尔（Lewis Carroll）也是从牛津的环境中得到了故事的创作灵感，在基督学院里完成了这部经典童话故事。

如同它富有浓厚宗教色彩的学院名字，基督学院与其他学院不同之处在于，除了教学研究功能，它还是全世界唯一有大教堂（Cathedral）等级和大主教坐镇的学院，当然也有名声响亮的唱诗班，而且同时兼具大教堂与学校官方唱诗班的功用。而名气本来就非同小可、游客量也不曾减少的学院，近几年因为电影的拍摄，观光人潮又达到了前所未有的数量，大家都为了“哈利·波特”而来。

学院里最具知名度的空间应该就属宴会厅（The Hall of Christ Church），这里是电影中霍格沃茨魔法学院集合的大饭厅取景之地：特别挑高的空间与优美木构架的天花板，强烈的长向轴线，一字排开的长桌、烛台、餐具，以及挂满了历代院长、主教与杰出人士画像的墙面……

电影中的画面当然是经过了特效处理，所以宴会厅空间实际上比电影画面中所看到的小很多，不过，仍是相当精彩的古典聚会空间。此外，改编自英国小说家普尔曼（Philip Pullman）作品《北方之光》（*Northern Light*）的电影《黄金罗盘》

圣诞节前夕的基督学院宴会厅

The Golden Compass，电影里的宴会厅画面也借用此地拍摄，当然也包含许多牛津城中的其他景物，如1748年由建筑师James Gibbs所设计的意式风格图书馆Radcliff Camera，也都出现在电影中。

《哈利·波特》中，学员们初到霍格沃茨魔法学院门厅时，有一幕往上望的画面，就是学院中另一处值得一看的楼梯间。空间顶端的哥特式扇形肋拱顶，极细致的工艺技术，让人赞叹连连，与剑桥国王学院礼拜堂有异曲同工之妙。而对于英式巴洛克的爱好者而言，建筑群中由雷恩设计的主入口门楼，也是不容错过的作品。再往里面走一点，作学院名称由来的"基督学院大教堂"（Christ Church Cathedral）当然也值得一看，大教堂的里里外外一开始是朴拙的晚期诺曼式建筑，后来逐渐演变为英国哥特样式中的垂直式，西面有精致漂亮的彩绘玫瑰窗，以教堂建筑的尺度而言，这里曾是英国"最小的大教堂"。

博德莱安图书馆

参观完基督学院之后，博德莱安图书馆（The Bodleian Library）也不容错过。这座赫赫有名的图书馆成立于1602年，环绕着优雅的中庭，立基于1489年成立的神学院Divinity School之上，是欧洲历史最悠久的图书馆之一。其图书馆空间则散布整个牛津大学，总藏书量在英国仅次于大英图书馆（British Library）。

图书馆的建筑属于英国哥特样式中的垂直式，

基督学院大教堂的天花板（上）
基督学院所属的大教堂（下）

作为主要空间的演讲厅和讨论室天花板，是绝对令人赞叹的精细扇形肋拱顶。这座图书馆建筑空间在《哈利·波特》电影中，是霍格沃茨魔法学院的医务室与部分图书馆空间的取景地点。

阿尼克堡

位于北英格兰边境Northum berland的阿尼克堡（Alnwick Castle），距今约有一千年历史，建筑样式是沉重厚实的诺曼式，属于中世纪造型的城堡；它也是豪宅，2006年时被英国民众票选为十大豪宅之一。因为敏感的地理位置，一直以来都是争战连连的是非之地，英格兰、苏格兰之间的战争，后来的玫瑰战争，这里都是主角之一。哈利·波特电影中的“魁地奇”球场，还有另一出电影《侠盗罗宾汉》的部分场景，都是在此拍摄。

牛津博德莱安图书馆的扇形肋拱顶天花板

博德莱安图书馆的垂直式外观

国王十字车站

不像其他欧洲首都城市都有一座中央车站，思绪复杂的英国人在伦敦设了十三座主要车站，负责连通大不列颠岛不同方向的交通；1852年开始营运的国王十字车站（King's Cross Station），位于伦敦市中心北端。对游客来说，这里也是伦敦最知名的火车站之一，因为《哈利·波特》电影中的车站内部场景即是在此拍摄。

车站原本的设计，是在大跨距钢架构棚顶下有八条轨道；之后不敷使用，又在车站外面增设了部分通勤列车专用轨道。而电影中拍摄的9¾月台就在这个空间中。这里随时都可见到全世界慕名而来的游客，在车站特别标示的砖墙前面，摆出各种推车的姿势拍照。

这座车站设计之初，是为了连接伦敦及英国东岸主要城市，往北一直到苏格兰的爱丁堡。在英国国铁民营化之后划归GNER（Great North-Eastern Railway）火车公司所有，目前则已转手给英国的长途巴士公司National Express经营。

圣潘克拉斯车站

电影里车站的外部空间，则是选择国王十字车站旁边的圣潘克拉斯车站（St. Pancras Station），实际上这栋美丽的建筑是与车站相连的中土大饭店（Midland Grand Hotel）。

曾经票选为“英国最美火车站”的哥特复古式建筑，完成于1868年，原本为中土火车公司（Midland Railway）所有；在英国国铁BR(British

国王十字车站里最著名的9¾月台

国王十字车站外观（上）
圣潘克拉斯车站成为欧洲之星列车的最新终点站（下）

Railways）民营化之后，划归为 Midland Mainline 火车公司（之后再次更名为 East Midlands Trains）所有，往北连接到我们所在的城市谢菲尔德，因此这里也是我们出入最频繁的伦敦火车站。

这几年大刀阔斧的整建与扩建，车站在 2007 年底已正式改名为 St. Pancras International，经由英国建筑大师 Norman Foster 之手。原本超大跨距的大顶盖变得更为明亮优美，内部采光也比国王十字车站好很多。最重要的是，这里取代了原来的滑铁卢国际车站，变成连通英法海底隧道的“欧洲之星”（Eurostar）高速列车的英国终点站。现在，伦敦与巴黎之间只要 2 小时 15 分钟即可到达，如果从谢菲尔德出发，更可以不用出站一路直达巴黎。

对哈利·波特情有独钟的“麻瓜”们，电影中这些颇具英国特色的空间与建筑，都浓缩在霍格沃茨的魔法魅力中；到英国旅行时，可别忘了体验一下！

位于北英格兰的阿尼克堡，是电影中的魁地奇球场

电影中出现在旷野中的风车

跟着

《心花路放》去旅行

Heartlands

在《女王》(*The Queen*)一片中饰演英国首相布莱尔的Michael Sheen，2002年曾经演过一部爱尔兰导演、英国制片的电影小品《心花路放》(*Heartlands*)。看完影片之后，心中暖暖的感觉。

电影中出现的场景是我们再熟悉不过的地区，一开始是谢菲尔德的一景一物，接着是优美的山峰区国家公园，最后结束在五彩缤纷的黑池(Blackpool)。片中的场景，如酒吧、旅店、街道、住宅区、天气、色温、腔调、当地居民等，完完全全符合对英国一般阶层的生活印象，至少北英格兰与中部地区是这样的，是认识另一个英国面向的切入点。

会接触这部电影，是来自我们最喜爱的英格兰民谣歌手Kate Rusby，因此是先有了好听的音乐，才看了电影。《心花路放》的电影原声带，是这位出生、居住在大谢菲尔德地区Barnsley小镇的女歌手，与她刚离异的苏格兰籍老公John McCusker共同创作的，温馨耐听的民谣风，与电影所要传达的感受非常契合。

故事是从一个住在谢菲尔德、名叫柯林(Colin)的老实人开始，身旁所有人

秋天的雷迪包尔与周围的森林

我们曾经入内参观过的 Forge Master 钢铁厂，也出现在电影中（左上）
电影中戏份很多的 Strines Inn 山中旅店（右上）
谢菲尔德上上下下的丘陵地与住宅区（下）

都想欺负他，占他便宜，连小朋友也不例外。这个善良、勇往直前、总是为别人着想、遇到挫折也只是压抑着掉几滴泪的阿甘，住在火力发电厂冷却塔旁的住宅区，骑着一辆过去台湾街头常见的“美利 50”摩托车。为了他心爱的老婆桑德拉（Sandra），他在谢菲尔德平价购物区 The Moors 开了一家门可罗雀的书报杂货店。

但是，他的老婆还是背叛了沉默寡言的他，投向了一名地方警察的怀抱。就在那名警察与当地民众组队要去西岸的黑池参加圆靶飞镖赛的前夕，他发现了两人暧昧的情事而与老婆争吵，老婆负气离家出走。柯林竟决定一个人带着行囊骑着小 50，跨越奔宁山脉，到那个曾经辉煌的海滨度假圣地黑池去挽回老婆的芳心。一个很简单的故事。

柯林骑着心爱的轻型摩托车出发时，画面中是谢菲尔德高高低低的丘陵地形，熟悉的山坡住宅区、熟悉的陡坡、熟悉的公车亭、熟悉的天际线。他一路从东北边的水草地购物中心（Meadowhall Shopping Centre）出发，经过了最大的钢铁厂 Forge Master，接着出现了已于 2008 年 8 月 24 日凌晨三点成为历史的地标建筑，

柯林骑着小 50 去过许多像希望山谷一样美丽的地方

两座巨型冷却塔（Tinsley Cooling Towers），以及冷却塔前的双层 M1 高速公路。摄影机所在的位置应该就是在购物中心靠 M&S 百货这侧的停车场。

沿着往曼彻斯特的 A57 公路往西行，理论上一下子就可以穿越山峰区国家公园，不过为了故事发展，当天晚上他只到达了那家我们常去的山中旅店 Strines Inn，然后以一部小 50，加入了一群重机骑士的露营活动。这家几百年历史的山中酒吧，以巨型约克布丁（Giant Yorkshire Pudding）闻名，电影里浮夸、寒酸又势利眼的卷毛老板，和他郁郁寡欢的老婆、女儿，也是片中重要的串场角色。在这里，男主角遇到了一群关心他、不占他便宜的好人，里头有个理发师重机骑士实在看不下去他那一头毫无朝气的卷毛发，主动要求帮他剪了新发型，也帮他换上一件有朝气的衣服，这就是他转变的开始。他觉得受到了重视，受到了关心，终于有人开始当他是一回事。

再度上路后，经过了以马车石（Three Coach Stone）为背景的道路，他首先来到南约克唯一有大型风力发电机组的 Royd Moor Wind Farm，这里是个视野极佳的展望点，他开心地和十三座风车的剪影玩跳绳游戏。接着，出现的是雷迪包尔（Ladybower）水库附近的树林，他和一个把自己绑在树上的偏激爱树人士有了短暂的交会。

片中柯林与老师就窝在像马车石的石头群中谈天

场景又拉到了山峰区某处许愿桥上。老师与一群小学生刚好在附近荒原上露营、创作，热情的小朋友把秋天的枫叶贴满了整个小50，让他感受到一股天真直接的关怀。与老师坐在山峰区常见的奇岩怪石堆中谈话之后，他似乎想通了什么道理来，甚至加入了阴雨天的荒原露营，与满山遍野的石楠相伴，还出现了几只苏格兰高地牛。虽然没有确切的地点，那画面就是非常英国独特的荒原景致。

大自然真的是一剂万灵丹，与人的真诚接触也是，往往会有意想不到的疗效，让人或多或少找到了继续下去的勇气；这也就是这些年来，我们一直出现在山峰区的原因之一，心情好的时候想来，心情不好的时候更要来。

经过一连串熟悉的地景、地貌、公路之后，在男主角下车看路比对地图时，摩托车被卡车司机蓄意撞烂了，老天总是这么不眷顾他。不过，擦干眼泪后，他拾起破烂的背包，继续往西边的公路走去，直到遇见了旅店老板一家人开车经过。老板逢人便夸耀自己开了一部捷豹好车，车上四个人表情严肃地往黑池前进。

当远远看到那座令英国人颇为自豪的黑池铁塔（Blackpool Tower）时，画面转进了那条沿着海岸线足足6英里长的Golden Mile大道：一串又一串俗不可耐的灯

北码头与远端的黑池铁塔

饰，一群无法与现代英国印象联想在一起的英格兰人，还有南码头的巨型游乐园。

记得某年隆冬之际，暴风雨预报发布的同一天，跟着学校巴士来到了黑池。老实说，在英国这段期间，似乎没见过比这里更丑陋、更低俗、更脏乱的城镇了；虽然，这里曾是个赫赫有名的海滨度假胜地，不过那已经是好久以前的事了。整条滨海的 Golden Mile 一眼望去，尽是看起来卫生堪虑的 Fish & Chips 店，还有一家家赌场、游乐场、酒吧、旅馆，仿佛到了另一个国度，真是见识到了不同的英国面貌。

就这样，从维多利亚式的北码头走到中码头，再走到南码头，整整在风雨中走了约 10 公里，狂风暴雨的海滩，谁下去玩耍？只在黄昏退潮时看到了小孩在沙滩上骑驴的景象。诚如吝啬的旅店老板一开进黑池时所言："这里也曾经是个品位时髦的知名景点，为什么现在变得这么过时、下流、没品位，还满街醉汉，嗑药与犯罪横行呢？"

英国政府已经决定要在当地开设大型赌场，试图扭转其破旧不堪的容颜。不知道这个被吵得沸沸腾腾的决定，是否能为这个地方带来一点什么。

穿梭于黑池街道上各形各色的电车

老 P 得到泰特艺廊年度奖项的黑池摄影作品

黑雨中无奈的一家人与黑池摩天轮

不过黑池有一点很特别，就是满街跑的各式电车，每部造型与涂装皆不相同，复古的、现代的、单层的、双层的，是这个城市最特别的景象。而且，这里其实是摄影者构图取景的天堂，特别适合黑白影像的呈现，纵使气候恶劣时也是。一张好照片该有的元素这里都找得到，而且让人欲罢不能。老 P 当时在这里拍了一系列他非常喜爱的作品，也因为一张在黑池海岸边“老人与酒吧狂欢女孩”的黑白照片，赢得了 2007 年伦敦泰特艺廊（Tate Britain）所举办的名为“How We Are：Photographing Britain”摄影比赛奖项，非常奇妙的偶然。

话题再度回到电影上。虽然柯林最后找到了老婆，彼此也当面把话说清楚了，不过，经过了这段旅程，他已经释怀，也不再留恋，只有放下了才能让彼此都重拾快乐。

回到谢菲尔德后，他又买了一台一模一样的小摩托车，“很阿甘”地在他人生的旅途上继续奔驰着，为别人也为自己带来快乐，带来勇气。

图书在版编目（CIP）数据

不列颠·旅人／李蕙蓁，谢统胜著．—2版．—北京：生活 · 读书 · 新知三联书店，2016.10
ISBN 978－7－108－05787－7

Ⅰ．①不…　Ⅱ．①李…　②谢…　Ⅲ．①游记－作品集－中国－当代
Ⅳ．① I267.4

中国版本图书馆 CIP 数据核字（2016）第 191659 号

责任编辑　王　竞　张　荷
装帧设计　鲁明静　蔡立国
责任印制　徐　方
出版发行　生活·讀書·新知 三联书店
（北京市东城区美术馆东街 22 号 100010）
网　　址　www.sdxjpc.com
经　　销　新华书店
印　　刷　北京瑞禾彩色印刷有限公司
版　　次　2010 年 10 月北京第 1 版
2016 年 10 月北京第 2 版
2016 年 10 月北京第 2 次印刷
开　　本　720 毫米 × 965 毫米　1/16　印张 19.75
字　　数　120 千字　图 536 幅
印　　数　08,001－11,000 册
定　　价　56.00 元
（印装查询：01064002715；邮购查询：01084010542）